West Wyandotte
KANSAS CITY KANSAS
PUBLIC LIBRARY

D0879207

El chico nuevo

El chico nuevo

Tracy Chevalier

Traducción de
Miguel Temprano García

Lumen

narrativa

Papel certificado por el Forest Stewardship Council®

Título original: *New Boy*

Primera edición: junio de 2018

© 2017, Tracy Chevalier
© 2018, Penguin Random House Grupo Editorial, S. A. U.
Travessera de Gràcia, 47-49. 08021 Barcelona
© 2018, Miguel Temprano García, por la traducción
'Killing Me Softly', words and music by Charles Fox and Norman Gimbel
© 1972 Rodali Music (BMI).
All rights on behalf of Warner-Tamerlane Publishing Corp. and Rodali Music
administered by Warner/Chappell North America Ltd.
by permission of Imagem Music, an Imagem company

Penguin Random House Grupo Editorial apoya la protección del *copyright*.
El *copyright* estimula la creatividad, defiende la diversidad en el ámbito de las ideas y el conocimiento,
promueve la libre expresión y favorece una cultura viva. Gracias por comprar una edición autorizada
de este libro y por respetar las leyes del *copyright* al no reproducir, escanear ni distribuir ninguna
parte de esta obra por ningún medio sin permiso. Al hacerlo está respaldando a los autores
y permitiendo que PRHGE continúe publicando libros para todos los lectores.
Diríjase a CEDRO (Centro Español de Derechos Reprográficos, http://www.cedro.org)
si necesita fotocopiar o escanear algún fragmento de esta obra.

Printed in Spain — Impreso en España

ISBN: 978-84-264-0554-8
Depósito legal: B-6467-2018

Compuesto en La Nueva Edimac, S. L.
Impreso en Egedsa
Sabadell (Barcelona)

H 4 0 5 5 4 8

Penguin
Random House
Grupo Editorial

El chico nuevo

PRIMERA PARTE

Antes de clase

No quiero que se sepa quién es su novio
pero seguro que es un pimpollo.

Dee reparó en él antes que nadie. Se alegró, y atesoró esa sensación. Se sentía especial por haberlo tenido unos pocos segundos para ella sola, antes de que el mundo que los rodeaba se detuviera un instante y no volviera a recuperarse en todo el día.

El patio estaba ajetreado antes de clase. Habían llegado ya niños suficientes para empezar juegos de tabas, pelota y rayuela, que tendrían que interrumpir cuando sonara el timbre. Dee no había llegado pronto, su madre la había enviado arriba a cambiarse la camiseta por otra más ancha, con la excusa de que se había manchado de huevo, aunque Dee no vio la mancha de yema por ninguna parte. Tuvo que correr parte del camino, con las trenzas golpeándole la espalda, hasta que, por el reguero de estudiantes que iban en la misma dirección, supo que no llegaba tarde. Llegó al patio solo un minuto antes de que sonara el primer timbre.

No le dio tiempo de ir con su mejor amiga, Mimi, que estaba saltando a la comba con las otras chicas, así que Dee se dirigió a la puerta del edificio que daba al patio, donde el señor Brabant se encontraba con los otros profesores esperando a que se formasen las filas de las clases. Su profesor llevaba el pelo tan corto que siempre se le quedaba de punta y parecía que tuviese la cabeza cuadrada. Alguien le había contado a Dee que había combatido en Vietnam. Dee no era la mejor alumna de la clase —ese honor le correspondía a la mojigata de Patty—, pero le gustaba complacer al señor Brabant siempre que podía, lo bastante para que se fijara en ella, aunque sabía que a veces decían que era una enchufada.

Ocupó su sitio al principio de la fila, miró a su alrededor y se fijó en las chicas que seguían saltando a la comba. Entonces lo vio, una presencia inmóvil al lado del carrusel. Había cuatro chicos dando vueltas en él: Ian, Rod y dos niños de cuarto. Iban tan deprisa que Dee estaba segura de que uno de los profesores acabaría haciéndoles parar. Una vez un chico había salido despedido y se había roto un brazo. Los dos niños de cuarto parecían asustados, pero no podían controlar el carrusel, pues Ian estaba impulsándose en el suelo para mantener la velocidad.

El chico que había al lado de aquel movimiento frenético no iba vestido como los demás, con vaqueros, camiseta y zapatillas. Llevaba unos pantalones grises acampanados, una camiseta blanca y zapatos negros, como un alumno de un colegio privado. Pero lo que más llamaba la atención era su piel, cuyo color le recordó a Dee a los osos que había visto unos meses antes en el zoo, durante una visita escolar.

Aunque se llamaban osos negros, su pelaje era de color marrón oscuro, con un tono rojizo en las puntas. Se habían pasado casi todo el rato durmiendo u olisqueando la pila de comida que les había echado el guarda en el comedero. Solo cuando Rod lanzó un palo a los animales para impresionar a Dee, respondió uno de los osos y mostró los dientes amarillos con un gruñido que hizo gritar y reír a los niños. Pero a Dee no le pareció gracioso; miró a Rod con el ceño fruncido y se marchó.

El chico nuevo no estaba mirando el carrusel, sino observando el edificio en forma de ele. Era un típico colegio de las afueras, construido ocho años antes como dos cajas de zapatos de ladrillo rojo unidas sin demasiada imaginación. Cuando Dee empezó a ir a la guardería todavía olía a nuevo. Ahora, sin embargo, era como un vestido que se hubiese puesto demasiadas veces, con desgarrones, manchas y marcas donde se había descosido el dobladillo. Conocía todas las aulas, todas las escaleras, todas las barandillas, todos los cubículos de los baños. Conocía también hasta el último centímetro del patio igual que el de los niños más pequeños, situado al otro lado del edificio. Dee se había caído de los columpios, arañado los muslos en el tobogán y quedado atrapada en las barras a las que se había encaramado y de donde luego no se había atrevido a bajar. Una vez había declarado que la mitad del patio de recreo era la Ciudad de las Niñas, y ella, Mimi y Blanca habían expulsado a los niños que se atrevieron a cruzar la línea. Se había escondido con otras a la vuelta de la esquina, cerca de la entrada del gimnasio, donde los profesores de guardia no podían verlas y podían ponerse lápiz de labios, leer tebeos y jugar a la botella. Había vivido su vida en el patio, había reído y llorado, se había enamorado, había hecho amigos y unos cuantos enemigos. Era su mundo, tan familiar que lo daba por supuesto. Al cabo de un mes lo abandonaría para pasar a secundaria.

Ahora alguien nuevo y diferente había entrado en el territorio, y esto hizo que Dee volviera a ver aquel espacio, que de pronto le pareciese sucio y desvencijado, y que se sintiera una extraña en él. Lo mismo que el nuevo.

En ese momento se movió. No como un oso, con su paso lento y torpe. Más bien como un lobo o —Dee intentó pensar en animales oscuros— una pantera, un gato doméstico amplificado. Pensara en lo que pensase —probablemente en ser el chico nuevo en un patio lleno de desconocidos con un color de piel distinto al suyo—, se dirigió hacia la puerta del colegio, donde lo esperaban los profesores con la seguridad inconsciente de quien sabe cómo funciona su cuerpo. Dee notó una opresión en el pecho. Contuvo el aliento.

—Vaya, vaya —observó el señor Brabant—. Me parece que oigo los tambores de la selva.

La señorita Lode, la otra maestra de sexto de primaria que estaba a su lado, soltó una risita.

—¿De dónde ha dicho la señora Duke que es?

—Creo que de Guinea. ¿O era de Nigeria? De África, en cualquier caso.

—Es suyo, ¿no? Mejor usted que yo.

La señorita Lode se alisó la falda y se toqueteó los pendientes, tal vez para asegurarse de que aún seguían allí. Era un hábito nervioso que repetía a menudo. Siempre iba muy pulcra, excepto por la media melena corta y rubia que los rizos hinchaban. Ese día llevaba una falda de color verde lima, una blusa amarilla y unos discos verdes enganchados a las orejas. Los zapatos también eran verdes, con el tacón bajo y cuadrado. A Dee y a sus amigas les encantaba hablar sobre el atuendo de la señorita Lode. Era joven, pero su ropa no se parecía en nada a las camisetas rosas y blancas y los tejanos acampanados con flores bordadas en el dobladillo que llevaban sus alumnas.

El señor Brabant se encogió de hombros.

—No creo que me dé problemas.

—No, claro que no.

La señorita Lode fijó los grandes ojos azules en su colega como si no quisiera perderse ni una sola migaja de sabiduría que pudiera ayudarla a convertirse en mejor profesora.

—¿Cree que deberíamos..., en fin, decirle algo a los demás alumnos? No sé..., ¿que es diferente? Para que lo acojan mejor.

—Déjese de remilgos, Diane —le espetó el señor Brabant—. No hay que darle un trato especial solo porque sea neg... nuevo.

—No, pero... No. Claro. —Los ojos de la señorita Lode se humedecieron.

Mimi le había contado a Dee que una o dos veces la maestra había llorado en clase. Sin que ella lo supiera, sus alumnas la llamaban Lody la Bebé Llorica.

Brabant posó la mirada en Dee, que esperaba delante de él, y carraspeó.

—Dee, ve a buscar a las demás. —Indicó por gestos a las que estaban saltando a la comba—. Diles que si siguen saltando después de que suene el primer timbre les quitaré la cuerda.

Era uno de los pocos maestros que había en el colegio y, aunque eso debería haber sido lo de menos, para Dee lo convertía en uno de esos maestros a los que siempre hay que obedecer e impresionar si es posible, igual que hacía con su padre, a quien siempre intentaba complacer cuando volvía del trabajo.

Corrió a donde estaban las chicas saltando a la comba; usaban una cuerda gruesa que hacía un agradable chasquido contra el cemento y cantaban mientras saltaban por turnos. Dee dudó un instante, pues era el turno de Blanca. Era con mucho la que mejor saltaba a la comba del colegio, y era tan ágil que podía pasarse varios minutos saltando sin tropezar. Las demás preferían canciones que obligasen a Blanca a pedir que la sustituyeran o que la eliminasen. Blanca, como es lógico, quería quedarse, y esa mañana las había convencido de que cantaran:

No quiere que se sepa quién es su novio
pero seguro que es un pimpollo.
Empieza por la A, la B, la C, la D...

Si la que saltaba no tropezaba con una de las letras, pasaban a los números hasta el veinte, y luego a los colores favoritos. Blanca iba ya por los colores, los largos rizos saltaban, los pies se movían con agilidad aunque llevaba sandalias de plataforma. Dee no sabía saltar con ese calzado; prefería sus zapatillas Converse, que mantenía lo más limpias que podía.

Se acercó a Mimi, que estaba dando a la comba.

—Es la segunda vez que hace los colores —murmuró su amiga—. Lo hace para presumir.

—El señor B. dice que os quitará la cuerda si no paráis ya —le informó Dee.

—Vale.

Mimi dejó de dar a la comba y la cuerda se aflojó por un extremo mientras el otro seguía girando unos segundos. A Blanca se le enredaron los pies.

—¿Por qué habéis parado? —preguntó con un mohín—. ¡Podría haber tropezado! ¡Además, tenía que volver al alfabeto para pararme en la C!

Dee y Mimi pusieron los ojos en blanco mientras empezaban a enrollar la cuerda. Blanca estaba loca por Casper, el chico más popular de sexto. Lo cierto es que él también estaba loco por ella, aunque rompían de forma regular.

A la propia Dee siempre le había gustado Casper. Más que eso: los dos daban por sentado que para ellos las cosas eran más fáciles que para los demás, que no necesitaban esforzarse tanto para tener amigos o ser respetados. El año anterior había dudado de si enamorarse de él, o incluso de ir más allá y salir con él. El rostro franco y atractivo y los chispeantes ojos azules de Casper hacían que una se sintiera cómoda con él. Pero, aunque habría sido lo natural, no pensaba en él de ese modo. Era más como un hermano; hacían actividades parecidas y no reparaban mucho el uno en el otro. Era más lógico que Casper estuviese con alguien desordenado y enérgico como Blanca.

—Dios mío, ¿quién es ese? —exclamó Blanca. Aunque en clase apenas hablaba, en el patio era ruidosa y descarada.

Dee supo sin mirarlo que Blanca se refería al chico nuevo.

—Es de Nigeria —dijo como si tal cosa, recogiendo la cuerda con el codo y la mano.

—¿Cómo lo sabes? —preguntó Mimi.

—Lo han dicho los profesores.

—Un niño negro en nuestro colegio..., ¡no me lo puedo creer!

—¡Chis...! —Dee intentó callar a Blanca, avergonzada de que el chico pudiera oírlas.

Mimi, Blanca y ella fueron hacia la fila de niños, con la cuerda debajo del brazo. La guardaban en la clase del señor Brabant, y Dee era la responsable, motivo por el que Blanca estaba casi celosa, como por su amistad con Mimi.

—¿Por qué te gusta tanto si es tan rara? —le había preguntado Blanca en una ocasión.

—Mimi no es rara —había respondido Dee, defendiendo a su amiga—. Es... sensible. Se da cuenta de las cosas.

Blanca se había encogido de hombros y había empezado a cantar «Crocodile Rock», para dejar claro que la conversación había terminado. Los tríos eran difíciles de manejar: siempre había una persona que tenía la sensación de estar siendo dejada de lado.

Uno de los profesores debía de haberle dicho al chico nuevo adónde ir, pues estaba al final de la fila que se había formado delante del señor Brabant. Blanca se detuvo en seco, y se volvió.

—¿Y ahora qué hacemos? —gritó. Dee dudó, luego se adelantó para ponerse detrás de él. Blanca fue con ella y susurró sin disimulo—: ¿Te imaginas? ¡Está en nuestra clase! ¿A que no te atreves a tocarlo?

—¡Calla! —le chistó Dee, con la esperanza de que no la hubiera oído.

Le miró la espalda. El chico nuevo tenía un cráneo precioso, suave, delicado y muy bien formado, como una vasija de barro en el torno del alfarero. Dee quiso alargar el brazo y rodearlo con la mano. Llevaba el pelo muy corto, como un bosque de árboles muy juntos en la curva de una montaña..., muy diferente de los espesos peinados a lo afro que estaban de moda en ese momento. Aunque no es que hubiese muchos allí con los que comparar. En la escuela de

Dee no había alumnos negros, ni tampoco vecinos negros en su barrio residencial, si bien en 1974 Washington D. C. tenía una considerable población negra apodada Ciudad Chocolate. A veces, cuando iba al centro con su familia veía a hombres y mujeres negros con aparatosos peinados a lo afro; igual que en la televisión, cuando veían *Soul Train* en casa de Mimi y bailaban al son de Earth, Wind and Fire o de los Jackson Five. Nunca veía ese programa en casa: su madre no le dejaba ver a negros bailando y cantando en la televisión. Dee estaba colada por Jermaine Jackson, aunque le gustaba más su sonrisa dentuda y astuta que su peinado a lo afro. Todas sus amigas preferían al pequeño Michael, que a Dee le parecía una elección demasiado fácil. Sería como escoger al niño más guapo del colegio para enamorarse de él, que era la razón por la que ella nunca había pensado así en Casper y Blanca sí. Blanca siempre prefería lo fácil.

—Dee, tú cuidarás hoy de nuestro nuevo alumno. —El señor Brabant le hizo un gesto desde el extremo de la fila—. Enséñale dónde están el comedor, la sala de música y el baño. Explícale lo que no comprenda y lo que estamos haciendo en clase, ¿entendido?

Blanca se quedó boquiabierta y le dio un codazo a Dee, que se ruborizó y asintió con la cabeza. ¿Por qué la había escogido el señor Brabant? ¿Sería un castigo por algo? A Dee no hacía falta castigarla. Ya se encargaba su madre de eso.

A su alrededor, los demás alumnos se reían y susurraban.

—¿De dónde ha salido?

—¡De la selva!

—¡Uf..., eso ha dolido!

—No seas tan inmadura.

—¡Pobre Dee, tener que cuidar de él!

—¿Por qué la ha elegido el señor B.? Lo normal es que hubiera escogido a un chico.

—A lo mejor es que ninguno quería. Yo no querría.

—¡Ni yo!

—Sí, pero Dee es el ojito derecho del señor B... Sabe que no se negará.

—Qué listo.

—Un momento..., ¿significa eso que ese chico se va a sentar en nuestros pupitres?

—¡Ja, ja! Pobre Duncan, ¡sentado al lado del chico nuevo! Y Patty también.

—¡Me cambiaré de sitio!

—El señor B. no te dejará.

—Lo haré.

—Sueña, chaval.

El chico nuevo miró atrás de reojo. No parecía receloso y en guardia como habría pensado Dee, sino franco y cordial. Sus ojos eran dos monedas negras y brillantes que la miraron con curiosidad. Alzó las cejas y abrió aún más los ojos, y Dee notó que la recorría una sacudida como cuando tocaba una valla electrificada para hacerse la valiente.

No le habló, pero le hizo un gesto con la cabeza. Él respondió con otro gesto y volvió a mirar hacia delante. Se quedaron en la fila, avergonzados y en silencio. Dee se volvió para comprobar si alguien los estaba mirando. Los estaba mirando todo el mundo. Dirigió la vista hacia una casa que había al otro lado del colegio —la casa de Casper— con la esperanza de que creyeran que estaba pensando en cosas importantes y no en el chico que tenía delante, y que parecía vibrar con electricidad.

Luego reparó en la mujer negra que se encontraba al otro lado de la tela metálica del patio con una mano sujeta a la malla de alambre. Si bien era baja, parecía más alta por el pañuelo rojo y amarillo estampado que llevaba a modo de turbante. Llevaba un vestido de la misma tela y por encima un abrigo de invierno, aunque era principios de mayo y hacía calor. Los estaba observando.

—Mi madre cree que no sé qué se siente al ser el nuevo.

Dee se volvió sorprendida de que le hubiese hablado. En su lugar, ella no habría dicho ni una palabra.

—¿Has sido el nuevo otras veces?

—Sí. Tres veces en seis años. Este será mi cuarto colegio.

Dee siempre había vivido en la misma casa, asistido al mismo colegio y tenido las mismas amigas, y estaba acostumbrada a la cómoda familiaridad que apuntalaba todo lo que hacía. No se imaginaba ser la chica nueva y no conocer a nadie, aunque al cabo de unos pocos meses, cuando pasara de primaria a secundaria, solo conocería a una cuarta parte de los alumnos. A pesar de que el colegio se le hubiera quedado pequeño en muchos sentidos, la idea de estar rodeada de desconocidos a veces le producía dolor de estómago.

Enfrente de ellos, desde la fila de la otra clase de sexto, Mimi observaba esa conversación con los ojos abiertos como platos. Dee y Mimi casi siempre habían ido a la misma clase, y Dee lamentaba que en el último año de primaria les hubiesen asignado profesores distintos, de modo que no podía estar todo el tiempo con su mejor amiga y tenía que contentarse con la hora del recreo. También significaba que Blanca, que estaba en la clase de Dee, intentaría acercarse más, como estaba haciendo ahora, colgándose de ella, apoyando una mano en su hombro y mirando con intensidad al chico nuevo. Blanca necesitaba el contacto físico, abrazaba a la gente, jugueteaba con el pelo de sus amigas y se restregaba contra los chicos que le gustaban.

Dee la apartó para concentrarse en el nuevo.

—¿Eres de Nigeria? —preguntó, deseando demostrarle que sabía quién era. «Puede que tengas otro color de piel —pensó—, pero te conozco.»

El chico negó con la cabeza.

—Soy de Ghana.

—¡Ah! —Dee no tenía ni idea de dónde estaba Ghana y solo sabía que debía de estar en África. Aún parecía cordial, pero el gesto de su rostro se había petrificado y ya no era tan sincero. Dee estaba decidida a demostrarle que sabía algo de la cultura africana. Señaló hacia la mujer de la valla—. ¿Eso que lleva tu madre es un dashiki? —Conocía la palabra porque en Navidad su tía hippy le había regalado unos pantalones con un estampado dashiki. Dee se los había puesto en Nochebuena para complacerla, y había tenido que soportar las miradas de su madre y las burlas de su hermano mayor por ponerse un mantel cuando ya había uno en la mesa. Después los había metido en el fondo del armario y no había vuelto a ponérselos.

—Los dashikis son camisas que llevan los hombres en África —dijo el chico. Podría haber contestado con desdén o haberse burlado de ella, pero se limitó a ser directo—. O los negros norteamericanos cuando tienen algo que demostrar.

Dee asintió, aunque no sabía qué podían querer demostrar.

—Creo que los Jackson Five los llevaban en *Soul Train*. El chico sonrió.

—Estaba pensando en Malcolm X... Una vez se puso un dashiki. —Ahora sí dio la impresión de estar burlándose un poco. Dee descubrió que no le importaba si a cambio desaparecía el gesto rígido y pétreo—. Lo que lleva mi madre es un vestido de tela de kente —continuó—. Es una tela de mi país.

—¿Por qué lleva un abrigo de invierno?

—Cuando no estamos en Ghana tiene frío aunque haga calor.

—¿Tú también tienes frío?

—No, no tengo frío. —El chico respondía con frases formales, igual que hacían Dee y los de su clase una vez a la semana en las clases de francés. Su acento no era norteamericano, aunque usaba algunos giros que sí lo eran. Tenía un dejo inglés. La madre de Dee veía *Arriba y abajo* en la televisión; sonaba parecido, aunque no tan seco y refinado, y con una cadencia un poco cantarina que debía de ser africana. Sus frases redondas y la falta de contracciones, la cadencia, la exageración de las vocales, todo animaba a Dee a sonreír, pero no quería ser maleducada.

—¿Vendrá a recogerte también después del colegio? —Su madre solo iba al colegio para las reuniones de padres. No le gustaba salir de casa.

El chico volvió a sonreír.

—Le he hecho prometerme que no vendría. Conozco el camino.

Dee sonrió a su vez.

—Es mejor. Solo a los niños del patio de los pequeños los traen y los recogen sus padres.

Sonó el segundo timbre. Los profesores de cuarto dieron media vuelta y condujeron las filas de niños hasta la entrada del colegio. Luego irían los de quinto y por fin los de sexto.

—¿Quieres que te lleve la cuerda? —preguntó el chico.

—¡Oh! No, gracias…, casi no pesa. —Pesaba bastante. Ningún otro chico se había ofrecido nunca a llevársela.

—Por favor. —El chico alargó los brazos, y ella se la dio.

—¿Cómo te llamas? —preguntó Dee cuando empezó a moverse la fila.

—Osei.

—O... —El nombre era tan exótico que Dee no pudo encontrar una grieta en la que agarrarse a él. Era como intentar subir por una roca lisa.

Él sonrió al notar su confusión, era evidente que estaba acostumbrado.

—Es más fácil llamarme O —dijo, trasladando su nombre al terreno conocido de las letras—. No me importa. Hasta mi hermana me llama O a veces.

—No, puedo decirlo. O-sa-ie. ¿Está en tu idioma?

—Sí. Significa «noble». ¿Cómo te llamas tú, por favor?

—Dee. De Daniela, pero todos me llaman Dee.

—¿Dee? ¿Como la letra de?

Ella asintió con la cabeza. Se miraron, y este vínculo tan sencillo de que tuviesen letras en lugar de nombres hizo que se echaran a reír. O tenía los dientes rectos y bonitos, un destello de luz en su rostro oscuro que encendió una chispa en el interior de ella.

Ian vio al chico enseguida, cuando aún estaba ocupado haciendo girar el carrusel demasiado deprisa y causando los gritos de los de cuarto. Ian siempre reparaba en cualquier recién llegado que se metiera en su territorio. Y es que el patio era suyo. Lo había sido todo el año, desde que empezó sexto y no hubo niños mayores para dominarlo. Había tenido meses para disfrutar de su poder. Cualquier chico nuevo era una amenaza. Y ese chico nuevo, en fin...

Ian no era el más alto de su curso, ni el más rápido. No pateaba el balón más lejos que nadie, ni saltaba más alto que los demás cuando lanzaban balones a la canasta, ni hacía más flexiones en las barras. No intervenía mucho en clase, nunca le habían puesto estrellas en sus trabajos de plástica, ni había ganado certificados al final del año por ser el mejor en matemáticas, en caligrafía o en ciudadanía. Desde luego no en ciudadanía. No era el más popular entre las chicas... Casper ostentaba ese honor.

Ian era el más astuto. El más calculador. El más rápido en responder a una nueva situación y en convertirla en una ventaja. Cuando se estaba fraguando una pelea, Ian apostaba a quién sería el ganador y se aseguraba de que los participantes no se volviesen atrás. Se le daba bien predecir quién ganaría. A veces apostaba a cuánto duraría la pelea y qué profesor le pondría fin. A menudo la apuesta eran caramelos, que luego vendía porque no era goloso. En ocasiones exigía a los demás el dinero del almuerzo, pero otras protegía a los alumnos más pequeños a cambio de una parte. Le gustaba enredar, que los niños no supieran qué pasaba. Hacía poco que había convencido a sus padres de que le dejasen abrir una cuenta en el banco. No le preguntaron de dónde había sacado tanto dinero. Sus hermanos habían sido igual a su edad.

Cuando su clase salía a dar la vuelta a la manzana en la hora de educación física, Ian se ofrecía a ir a por los rezagados; eso le daba ocasión de ver qué ocurría de día en el mundo: quién repartía el correo, quién lavaba el coche, quién dejaba la puerta abierta mientras podaba las rosas. Siempre estaba a la caza de cualquier oportunidad que pudiera beneficiarle.

No siempre le salía bien.

Unos días antes, por ejemplo, se había desencadenado de pronto una tormenta. Ian levantó la mano mientras la señorita Lode intentaba explicar qué era un triángulo isósceles. Tenía el traje de chaqueta naranja cubierto de tiza y un gesto de perplejidad, como si la geometría escapase también a su entendimiento. Se detuvo sorprendida, pues Ian rara vez levantaba la mano.

—¿Sí, Ian?

—Señorita Lode, está empezando a llover y nadie ha arriado la bandera. ¿Puedo ir yo?

La señorita Lode miró por la ventana las negras nubes que se estaban apelotonando y la bandera de Estados Unidos que ondeaba todo el día delante de la escuela.

—Sabes que las encargadas son las chicas de la clase del señor Brabant.

—Pero son muy lentas. Y hoy el señor Brabant no está para recordárselo. Si voy corriendo ahora, no se mojará.

La señorita Lode dudó, y luego señaló hacia la puerta.

—Muy bien..., date prisa. Y que alguien te acompañe para plegarla.

Había muchas normas sobre la bandera: nunca debía ondear de noche o bajo la lluvia, no podía tocar el suelo y siempre había que tratarla con reverencia. Ian había presenciado con envidia desde la ventana cómo Dee y Blanca se plantaban delante del mástil al principio y al final de cada día haciendo gala de su privilegio. Por lo general, tenían mucho cuidado, pero también las había visto plegarla con descuido y dejar que una punta rozara el suelo. Las había oído entonar canciones, a veces patrióticas, pero a menudo de la radio. Les gustaba tomarse su tiempo, charlar, entretenerse, reír.

Para sorpresa de todos, escogió ir con Mimi; la señorita Lode, Rod, la mayoría de los otros chicos y todas las chicas se rieron tapándose la boca con la mano. La propia Mimi parecía no solo sorprendida sino encantada y temerosa. Hasta quinto curso, los niños y las niñas habían jugado a veces juntos y eran amigos. Pero los dos últimos años de colegio se habían separado y se habían quedado con los de su sexo, salvo por los momentos furtivos cuando no los veían los profesores, detrás del gimnasio o en el rincón entre los árboles que daban un poco de sombra los días soleados. La semana anterior, detrás del gimnasio, Ian le había pasado el brazo por encima a Mimi y había dejado la mano colgando encima de sus pechos incipientes, pero no había podido hacer más porque Rod se había ofrecido a bajarse los tejanos y la ropa interior y enseñarle a las chicas lo que tenía. Mimi había chillado como las demás y se había marchado tras apartar el brazo de Ian, a regañadientes, le pareció a él.

Cuando le siguió fuera hasta el mástil, empezaba a chispear, aunque lo peor seguía aún en las nubes. Ian tuvo cuidado de no prestarle demasiada atención y de concentrarse en desatar la cuerda del gancho atornillado al mástil a la altura de la cintura. Luego arrió la bandera.

—Sujeta el extremo —le ordenó.

Mimi obedeció y sujetó las dos esquinas al bajarla. Ian soltó las otras dos esquinas de la cuerda, luego sujetaron la bandera tensa entre los dos como una sábana, y ella se quedó muy quieta con los ojos abiertos. Eran de un azul cristalino con motas oscuras que hacían que brillasen de forma desconcertante. Tenía la típica piel pecosa de las pelirrojas —probablemente irlandesa— y una boca grande cuyos labios no cubrían del todo el aparato que brillaba en los dientes. Sus rasgos eran demasiado irregulares —los ojos demasiado separados, la boca demasiado grande y la frente ancha— para que fuese guapa. No obstante, Mimi tenía un no sé qué de atractivo. Este era su séptimo año juntos en el mismo colegio. Ian le había pegado una vez en tercero, porque podía, pero hasta hacía poco no se había vuelto a fijar mucho en ella. Había escogido a Mimi porque era como él, siempre estaba un poco apartada en el patio. Aunque tenía una hermana mayor y otra más pequeña que parecían normales, y su mejor amiga era la popular Dee, Mimi a menudo parecía sumida en sus propios pensamientos, incluso cuando daba a la comba o jugaba a la rayuela. Tenía fama de estar un poco despistada, de desmayarse en el momento menos indicado, de hablar poco pero fijarse mucho. Tal vez fuese eso lo que le atrajo de ella: no quería que hablase demasiado.

Movió la mano derecha para indicarle que plegara por tercera vez el lado más largo; luego plegaron el otro encima y la bandera quedó reducida a un tercio de su anchura. Ian volvió a mirar a Mimi demasiado tiempo y ella se ruborizó.

—Pliégala tú —dijo—. ¿Sabes cómo?

Mimi asintió y plegó el extremo en diagonal formando un triángulo, y luego volvió a plegarla una y otra vez, acercándose más con cada pliegue. Ian sujetó el extremo contra el pecho para que tuviese que ir hasta donde estaba él. Cuando estaba a menos de un pie de distancia, a punto de hacer el último pliegue, Ian tiró de la bandera de forma que atrajo a Mimi hacia sí y el triángulo se apretó entre los dos mientras él embestía contra su boca. Los dientes entrechocaron, y Mimi se estremeció, pero no podía retroceder o la bandera se caería al suelo.

Aunque el aparato le hizo daño, Ian se recuperó y, poniendo los labios con firmeza en los de ella, empezó a sorber. Al cabo de un momento, Mimi respondió y sorbió a su vez de forma que crearon un vacío y mucha espuma, aunque no abrió la boca lo suficiente para que él pudiera meter la lengua. «Ya lo ha hecho antes», pensó Ian, y la idea no le gustó demasiado. Se apartó, aunque le había gustado y había empezado a sentir algo, que sospechó que ella había notado. Le quitó la bandera, hizo el último pliegue y remetió la tela que sobraba entre dos pliegues para que quedara tensa, como los triángulos de papel que hacían los niños para jugar al fútbol de mesa en el pupitre.

—No deberías hacer eso con otros —dijo.

Mimi pareció un poco confundida, incluso asustada.

—No lo hago.

—No sabes mentir. Has besado a otros chicos: a Philip, a Charlie, a Duncan, hasta a Casper.

Ian estaba haciendo suposiciones inteligentes y al menos una dio en el clavo, aunque no supo cuál. Mimi bajó la cabeza; empezaba a llover con más fuerza y tenía gotas en la cara como si estuviese llorando.

—Si vas a salir conmigo, más vale que te olvides de esos chicos. ¿Quieres salir conmigo?

Mimi asintió con la cabeza.

—Pues cuando nos besemos abre la boca para que pueda meter la lengua.

—Vendrán las chicas de la clase del señor Brabant..., nos verán.

—No. Las he visto..., tardan siglos en llegar. La bandera siempre se les moja y Dee tiene que llevársela a casa para meterla en la secadora. Vamos.

Volvió a poner la boca sobre la suya. Cuando ella la abrió, Ian metió la lengua hasta el fondo y empujó a Mimi contra el mástil para lamerle los dientes, las mejillas, la lengua, metiéndola y sacándola. Apretó las caderas contra las suyas para asegurarse de que esta vez lo notaba.

Cuando se separaron, los dos estaban sin aliento. Besarla lo había dejado con una sensación de mareo y, por una vez, de libertad. La cuerda colgaba bajo la lluvia. Ian la agarró, miró a su alrededor y le dio el triángulo de la bandera a Mimi.

—Aparta. Te voy a enseñar una cosa. —Se enroscó el extremo en la muñeca y empezó a correr apartándose del mástil de modo que la cuerda estuviera tensa. Luego saltó, se elevó del suelo y giró en torno al mástil hasta volver a caer. Corrió otra vez por el suelo y volvió a saltar, dando vueltas y vueltas alrededor del mástil. La lluvia, Mimi y el colegio desaparecieron; lo único que sentía era la sensación de volar. Cuando perdió fuerza y volvió a caer, Mimi lo observaba con la bandera apretada contra el pecho. Ian se sentía tan bien que decidió ser generoso—. ¿Quieres probar? Vamos, es divertido. —Le cogió la bandera y le dio la cuerda—. Corre deprisa y luego salta.

Ella dudó.

—Podría verme la señora Duke. O los profesores. Nos pillarán.

Ian resopló.

—No hay nadie mirando. Están demasiado ocupados estudiando los triángulos. ¿No quieres?

Mimi pareció tomar una decisión y de pronto corrió y saltó por el aire, apartándose del mástil para dar vueltas a su alrededor, riéndose al despegar los pies del suelo. Ian nunca la había visto tan feliz. Sonrió, cosa rara. Cuando ella paró, volvió a besarla, esta vez con más delicadeza. Se apartaron justo al aparecer Dee y Blanca en la puerta del colegio para arriar la bandera. Dee los miró extrañada, claramente sorprendida de verlos juntos, aunque Ian no estaba seguro de que hubiera visto el beso. Daba igual.

—Las chicas sois demasiado lentas —declaró, y pasó por su lado con mucha calma, con la bandera plegada debajo del brazo. Mimi lo siguió, con el rostro encendido.

Por desgracia, Ian también había sido demasiado lento, pues la bandera estaba mojada, aunque eso era lo que había intentado evitar. La señorita Lode escurrió el triángulo de tela que había dejado sobre la mesa y frunció el ceño.

—¿Es un triángulo isósceles, señorita Lode? —preguntó con la esperanza de distraer su atención.

—¡Oh! —Su maestra miró la bandera—. No lo sé. Pero..., Jennifer, llévala a la clase del señor Brabant.

—Puedo encargarme yo —soltó Ian—. Puedo volver a izarla cuando pare de llover, y arriarla al acabar las clases.

—Prefiero que la responsabilidad sea de la clase del señor Brabant. Ve a sentarte, Ian. Ya hemos tenido suficientes interrupciones por hoy.

Ian se reprochó haberse entretenido columpiándose. Esa sensación le había costado la oportunidad de conseguir otro privilegio, aunque sospechaba que la señorita Lode habría delegado en el señor Brabant de cualquier modo.

En el patio sonó el primer timbre e Ian sujetó las barras del carrusel para pararlo. Uno de los niños parecía mareado. Ian esbozó una sonrisa y empujó una barra para volver a ponerlo en marcha.

—Diez centavos si quieres que pare —le gritó al chico, que asintió con la cabeza con gesto desgraciado—. Ian clavó los pies en el suelo y el carrusel se paró en seco. Los demás niños corrieron a las filas que se estaban formando delante de las puertas, aliviados de no ser el foco de atención de Ian en esta ocasión. El pobre desdichado se quedó atrás con los hombros caídos y la cabeza baja.

—Págame —dijo Ian.

El chico se encogió de hombros, con la vista clavada en el suelo.

—No tengo dinero.

—Haberlo pensado cuando estabas en el carrusel. —Ian se le acercó—. Vuelve a subir. Daré vueltas hasta que vomites.

—Te... te pagaré mañana. Te lo prometo.

—Mañana no me sirve. Ahora es mejor. ¿Qué más tienes? ¿Caramelos? —El niño negó con la cabeza—. ¿Cromos de béisbol? —Volvió a negar—. Entonces ¿qué? —Otro encogimiento de hombros—. Ian rebuscó entre los datos acumulados a fuerza de observar y anotar cuanto ocurría a su alrededor—. Dame el cochecito de carreras..., el Camaro rojo.

Acertó, porque el niño empezó a hurgarse los bolsillos.

—Tengo cinco centavos. Puedo pagarte eso ahora y el resto mañana... o después de comer. Puedo ir a casa y pedir otros cinco centavos.

Pero Ian ya había alargado el brazo para coger la mochila de lona que el chico había tirado al lado de la valla unos inocentes minutos antes cuando subir al carrusel aún parecía algo divertido. Ian sacó un cochecito de carreras con las ruedas muy gruesas que encajaba perfectamente en la palma de su mano. Todavía estaba reluciente; sin duda era una adquisición reciente. Al meterse el coche en el bolsillo, oyó al niño que murmuraba: «¡Idiota!».

Ian volvió a sacar el cochecito del bolsillo, lo soltó y lo pisó. Las ruedas se soltaron, las puertas se abrieron, el techo se abolló y la pintura roja se desprendió del maletero.

—¡Uy! —dijo Ian, y lo dejó en el suelo.

Un momento después se reprochó a sí mismo dejarse dominar por la ira y quedarse sin un cochecito de carreras cuando le habían llamado cosas mucho peores que «idiota». Pero fue agradable ver la expresión del niño, que pareció aún más desgraciado que en el carrusel.

Todo ese tiempo Ian había observado al recién llegado que esperaba al fondo del patio. Ahora cambió de dirección y fue hacia el nuevo; hacia el chico negro, pues era muy negro. En una de sus misiones en busca de información, Ian se había enterado de que llegaría un chico nuevo a sexto, pero no del dato crucial del color de su piel. Al acercarse y ver la piel negra, los ojos negros y el sudor que brillaba en el pelo tan corto que dejaba ver el cráneo, torció el gesto para sus adentros. «Toma las riendas —pensó—. Ten cerca a tus amigos y aún más cerca a tus enemigos.» A su padre le gustaba repetir eso.

—Tienes que ir a la fila cuando suene el timbre —dijo—. Allí. Estás en la clase del señor Brabant.

El chico asintió con la cabeza.

—Gracias.

Esa palabra, la forma en que la dijo —con seguridad y confianza en sí mismo y con acento extranjero— y el modo en que fue hacia la fila, como si el patio fuese suyo y ya lo conociera, produjo una chispa de rabia en el interior de Ian.

—Mierda. —Rod se había acercado furtivamente como un perro inseguro. Bajo y nervudo, llevaba el pelo greñudo por los hombros y cuando se enfadaba se le encendían las mejillas. Ahora estaban encendidas—. ¿Qué diablos le ha pasado a este puto sitio? —El esbirro de Ian decía muchas palabrotas cuando estaba con él, sin duda convencido de que así parecía más duro. Ian jamás decía ninguna. Su padre había usado el cinturón desde muy pequeño para dejarle claro que las palabrotas eran cosa suya y no de su hijo.

Ian había tolerado a Rod mucho tiempo, pero no lo tenía por un amigo; aunque había oído a Rod decir que él era su mejor amigo, le parecía cosa de chicas. Para Ian, Rod era solo un apoyo que le ayudaba a conservar su dominio del patio, que vigilaba que no fueran los maestros cuando Ian estaba apostando, robando el dinero del bocadillo o atormentado a los pequeños para divertirse. El castigo del esbirro es ser despreciado casi tanto por su amo como por los demás. Rod era débil, llorica y desesperado. Ahora estaba lloriqueando.

—Mira eso..., está hablando con él. ¡No pienso volver a ir con ella!

Dee, la amiga de Mimi, había ido a la fila detrás del chico negro y estaba hablando con él. Ian los observó, casi impresionado por la audacia de Dee. No obstante, cuando ella le dio la cuerda y los dos empezaron a reírse, Ian frunció el ceño.

—No me gusta —musitó. Tendría que hacer algo al respecto.

Mimi estaba dando a la comba rítmicamente de forma que la cuerda golpeaba con suavidad en el suelo. Notaba que a su alrededor el patio bullía de actividad. Cerca, dos niñas discutían por un cuadrado de rayuela mal dibujado. Tres niños hacían una carrera de un extremo al otro del patio, y uno adelantaba a los otros al final. Sentada en un muro había una chica leyendo un libro. Una hilera de chicos le daban la espalda al colegio y, sin que los vieran los profesores, comprobaban quién meaba más lejos en la acera a través de la valla metálica. Tres niñas se reían al leer un cómic de

Archie. Un niño daba patadas en la arena del arenero que había debajo de los árboles.

Dos áreas de actividad en el patio la atraían, dos tan diferentes que se compensaban. Por un lado, Ian estaba en el carrusel, atormentando a los de cuarto. Mimi sabía cómo terminaría eso. Ella misma estaba en una especie de carrusel con él, pero no sabía cómo acabaría lo suyo. Mientras se columpiaba alrededor del mástil de la bandera tres días antes se había sentido eufórica y aterrorizada al mismo tiempo, como cuando subes muy alto en un columpio y luego te echas hacia atrás y abres los ojos para ver y no solo sentir cómo te hundes al caer de espaldas. Desde entonces se había sentido atada a Ian, y no estaba segura de si quería o no liberarse de él.

Lo contrario del rápido giro del carrusel con sus ocupantes siempre a punto de salir despedidos era el chico nuevo. El chico nuevo negro —su color de piel no se podía pasar por alto— estaba muy quieto y llamaba la atención por su inmovilidad. Si Mimi fuese la nueva estaría yendo de aquí para allá, moviéndose entre la gente para no ser un objetivo, procurando no demorarse mucho en ningún sitio y que no reparasen en su presencia. Aunque Mimi nunca había sido la nueva, tampoco había acabado de encajar. Era la mejor amiga de Dee y ahora la novia de Ian; se diría que estas relaciones concretas habrían bastado para atarla al suelo, pero no. Se sentía como si estuviese flotando sobre el mundo del patio.

Los giros y la quietud. El movimiento y la inmovilidad. El blanco y el negro. Si alguna vez el patio había estado desequilibrado, con este nuevo añadido ahora tenía un desconcertante equilibrio. Mimi movió la cabeza para despejarse.

Ese gesto hizo que le temblara el brazo, la cuerda tembló a su vez e hizo que tropezara la niña que estaba saltando, una de quinto, que empezó a protestar hasta que Mimi la obligó a callar con una mirada. Sabía que había sido culpa suya que la niña tropezara, pero no lo demostró, no podía disculparse o dar explicaciones sin perjudicar su reputación de ser la que mejor daba a la comba en el colegio. La que mejor daba a la comba y la que intuía las cosas. Tenía que aferrarse a esos dos dones tan distintos porque eran lo único que tenía. Eso y a Ian, que no era exactamente un don.

La de quinto se fue y Mimi lo lamentó, pues la sustituyó Blanca. Blanca, la chica más guapa de sexto, que disimulaba su belleza llevando ropa que rozaba lo vulgar: una camiseta rosa apretada que mostraba los tirantes y los perfiles del sujetador deportivo, una falda corta vaquera, sandalias beis de plataforma, pasadores rojos con centelleantes joyas rosas en el pelo negro, media docena de aros de oro que tintineaban en el brazo cada vez que saltaba. Y saltaba y saltaba. Blanca saltaba tan bien como Mimi daba a la comba. Se aburrían la una a la otra en sus respectivos papeles.

Mimi la dejó saltar, mantuvo el ritmo, y con ese ruido de fondo observó cómo el patio iba centrando poco a poco su atención en el desconocido. Nadie dejó exactamente de hacer lo que estaba haciendo, o solo por un instante de sorpresa, una pausa al jugar a pillar, una duda entre el momento de coger una taba y volver a lanzarla al aire, un silencio en mitad de una conversación. Luego siguieron corriendo, jugando a las tabas o hablando, pero con la vista o el oído concentradas en ese chico. El patio y los que jugaban en él le parecieron a Mimi una serie de hilos entrecruzados que empezaban a alinearse de modo que todos apuntaban al mismo sitio. «¿Cómo puede soportar tanta atención?», pensó.

Deslizándose sobre esos hilos llegó Dee, con el pelo rubio recogido en dos tensas trenzas hechas por su madre, que creía que a las niñas había que atarlas corto el mayor tiempo posible. Dee llegó para decirle a Mimi que parase, para llevarse la cuerda y volver a la fila con el chico nuevo. Iba a centrarse totalmente en él. Mimi sabía que eso era lo que ocurriría. A menudo lo sabía.

Tenía razón: Dee prestó solo una atención sumaria a Mimi y a Blanca antes de ir a la fila con el chico nuevo. Mimi fue a su propia fila, desde donde no pudo sino mirar a Dee y al chico. Todos los miraban. La incesante curiosidad los rodeaba de un aura brillante como la que veía a veces Mimi detrás de los ojos cuando se avecinaba una jaqueca. De hecho, en ese momento su cabeza tenía esa sensación de zumbido y atención que siempre la precedía, como la tensión del aire cuando se prepara una tormenta.

Luego Dee le dio la cuerda al chico y los dos empezaron a reír, echando la cabeza atrás como si no tuviesen público y actuaran el uno para el otro. Fue tan inesperado —¿qué alumno se reiría a los cinco minutos de empezar su primer día en un nuevo colegio— que Mimi se echó a reír también, sorprendida, por simpatía, por imitación. No era la única, otros también se contagiaron y rieron y sonrieron porque no podían evitarlo.

Ian no. Su novio —pues así era como los llamaba ahora todo el mundo, novio y novia— se quedó a un lado, mirando a Dee y al chico, con un reproche en el semblante que cortó en seco la alegría de Mimi.

«No puedo seguir con él —pensó—. No puedo seguir con un chico que responde así a la risa.» Por un instante Mimi pensó en la sensación de volar alrededor del mástil y en Ian metiéndole la lengua y empujándola con las caderas, pensó que no le gustaría, pero le había gustado y sorprendido que su cuerpo reaccionara como una luz al encenderse. Sin embargo, no podía dejar que alguien como Ian encendiese esa luz.

Pensó en cuándo decirle que rompía con él. Tal vez al final del día cuando pudiera correr a casa y a la mañana siguiente fingir una de sus jaquecas para no tener que ir a clase. Al día siguiente era viernes, después venía el fin de semana y confiaba en que la ira de Ian se aplacase al cabo de tres días. Luego solo quedaría un mes de colegio antes del verano lejos de él, y por fin el nuevo instituto en el que perderse.

Ahora que tenía un plan se sintió mejor, aparte de la punzada de celos que notó al ver a Dee y al nuevo entrar en el colegio con los pasos ya acompasados de esos amigos y parejas que acaban teniendo los mismos andares.

Sí, se sintió mejor. Y aun así siguió habiendo un brillo en los ojos de Mimi y la lenta presión en las sienes. Eso no desaparecería hasta que se sometiera al dolor de cabeza, como una prueba que tenía que pasar antes de poder volver a sentirse liviana y libre de nuevo.

Osei contempló el patio con mirada experimentada. Ya había visto patios nuevos otras tres veces y sabía cómo interpretarlos. Todos tenían los mismos elementos: columpios, un tobogán, un carrusel, barras para escalar, una pirámide de cuerda. Líneas y bases pintadas en el suelo para jugar al béisbol y a la pelota. Un aro de baloncesto en un extremo. Sitio para jugar a la rayuela y a la comba. Este tenía dos rasgos nuevos: un barco pirata con mástiles y aparejos por los que trepar, y una arenero rodeado de árboles.

Luego estaban los alumnos que siempre hacían las mismas cosas: los chicos corrían caóticamente, quemando la energía que de otro modo les haría estar inquietos en clase; o jugando con una pelota, siempre algo con una pelota. Las chicas jugaban a la rayuela o a las tabas o saltaban a la comba. Los solitarios leían, se sentaban en lo alto de las barras o se refugiaban en un rincón o cerca de los profesores donde estaban a salvo. Los abusones patrullaban y dominaban. Y él mismo, el chico nuevo, de pie en mitad de estos surcos bien conocidos, interpretaba también su papel.

Al contemplarlos tenía la esperanza de encontrar algo más: un aliado. En particular, uno de los suyos. Otro negro, o si no había ninguno, un moreno, o un amarillo. Puertorriqueño. Chino. De Oriente Próximo. Cualquier cosa diferente de la procesión de estadounidenses sonrosados de barrio residencial. Pero no había ninguno. Rara vez lo había. Y, si lo había, no siempre eran de ayuda. En el colegio londinense había habido otro estudiante negro: una chica de padres jamaicanos que nunca lo miraba a la cara y que procuraba apartarse de él todo lo posible, como si fuesen dos imanes que se repelían. La chica había encontrado su propio precario refugio y no quería verse arrastrada a su lucha por encontrar un lugar seguro. En la escuela de Nueva York había dos hermanos chinos que cuando les provocaban usaban llaves de kung-fu en las peleas, dolorosas para sus oponentes, pero fascinantes para los espectadores. También ellos mantenían las distancias con Osei.

Con el tiempo había aprendido a ocultar lo que sentía al ser el nuevo. Su padre sería el diplomático de la familia, pero Osei también era una especie de diplomático y demostraba sus habilidades en cada nuevo colegio. Cada vez que su padre llegaba a casa de su nuevo empleo, hablaba en la cena a su mujer y a sus hijos de la gente nueva con la que trabajaba y les contaba que no sabía dónde tenía que aparcar o dónde estaba el cuarto de baño. Osei podría haber dicho: «A mí me pasa lo mismo». Cuando su padre les decía que siempre olvidaba el nombre de su nueva secretaria y las llamaba a todas «señorita», O podría haber dicho que había aprendido que en la Inglaterra victoriana la gente llamaba a todas sus sirvientas «Abigail» para no tener que aprenderse sus nombres. Que él también tenía que buscar entre los nombres de adultos que tenía en la cabeza y escoger el apropiado del profesor que tenía delante, pues la formalidad de llamarlos «señor» o «señorita» les hacía enarcar las cejas, causaba las risas de los demás niños y lo apartaba de ellos aún más. Que él también tenía un nuevo empleo, que era ser el nuevo e intentar encajar..., o no. Pero no decía nada. Le habían enseñado a respetar a sus mayores, lo que equivalía a no preguntar ni llevarles la contraria. Si su padre quería saber algún detalle de cómo había pasado el día su hijo, le preguntaría. Y como nunca lo hacía, O guardaba silencio.

Ese día se enfrentaba a otro patio de recreo lleno de niños blancos que lo miraban, otro grupo de chicos que medían sus fuerzas, otro timbre que sonaba igual que en todo el mundo, otro profesor al principio de la fila que lo miraba con desconfianza. Ya había pasado por todo eso, y le resultaba familiar. Excepto por ella.

Osei notó su presencia como un fuego a su espalda. Se volvió y ella se sobresaltó y bajó la mirada. Le estaba mirando la cabeza. O había sorprendido a otros haciéndolo. Al parecer su mejor cualidad era la forma de su cráneo, redondo y simétrico, sin puntas ni bultos. A su madre le gustaba recordarle que había dado a luz por cesárea y su blando cráneo no se había aplastado al salir. «¡Calla!», gritaba siempre él, que no quería imaginárselo.

Cuando Dee —qué perfección que ella también tuviese nombre de letra— alzó los ojos, el fuego saltó y se propagó en su interior. Tenía los ojos marrones: el marrón claro y líquido del sirope de arce. No el azul que había visto en tantos otros patios, el azul de los antepasados ingleses, escoceses e irlandeses. El azul de Alemania y Escandinavia. El azul de los europeos del norte que llegaron a Norteamérica para colonizarla y conquistaron los ojos marrones de los indios y pusieron a los ojos negros de África a trabajar. O la miró con los ojos negros y ella respondió con el marrón..., el marrón, tal vez, del Mediterráneo, de España, o Italia, o Grecia.

Era muy bella, aunque esa no fuese una palabra muy utilizada para describir a una niña de once años. «Mona» era más común, o «guapa». «Bella» era más de lo que una niña de esa edad podía soportar. Pero Dee era bella. Tenía un rostro felino conformado por los huesos —los pómulos, las sienes y la mandíbula—, anguloso como el origami, mientras que el de la mayoría de las chicas era suave como una almohada. Su pelo rubio estaba trenzado en dos coletas que le recorrían la espalda como dos cuerdas. O husmeó su champú, floral con un toque de romero. Era Herbal Essence, un champú que le encantaba a su hermana Sisi, pero que no podía usar porque no contenía suficiente aceite para el pelo africano. Ella se quejaba de eso y de la etiqueta con un dibujo de una mujer blanca con el pelo largo y rubio, rodeada de flores rosas y hojas verdes. Pero compró un frasco de todos modos, solo para olerlo.

No obstante, la belleza de la chica que tenía detrás no era solo física. A O le pareció iluminada desde dentro por algo que la mayoría no tenía u ocultaba muy profundamente: un alma. Pensó que nadie podría odiarla, y eso era raro en este mundo. Estaba allí para mejorar las cosas. Y ya las había mejorado para él: hablándole, riéndose con él, responsabilizándose de él. Daba igual que los otros los mirasen y se burlaran. O fijó la vista en Dee e hizo caso omiso de los demás.

Mientras iban hacia su nueva clase, Osei supo que podía pedirle ayuda en lo único que le preocupaba, un detalle pequeño y concreto comparado con el hecho mayor e insoluble de que fuese el único alumno negro en un colegio de blancos.

—Por favor, ¿tienes un estuche? —preguntó.

Dee pareció confundida.

—Sí, en mi pupitre. ¿Por qué? ¿Tú no?

—Sí, pero... —Se puso la cuerda debajo del brazo y abrió la bolsa donde llevaba los libros, una mochila de color verde oscuro muy discreta que había pasado ya por tres colegios sin llamar la atención de nadie. No podía decirse lo mismo del estuche que le enseñó a Dee, sacándolo solo en parte para que los demás no lo vieran. Era un rectángulo de plástico rosa con fresas rojas que sobresalían de la superficie lisa como un braille gigantesco. O no había podido encontrar su propio estuche —enterrado en alguna de las cajas que todavía no habían desempaquetado después de la última mudanza— y su madre había insistido en que se llevara el de las fresas, que había sido de Sisi hasta que fue demasiado mayor para usarlo. Cuando O le preguntó a su madre por qué pensaba que un chico querría un estuche rosa con fresitas, ella parpadeó y le dijo:

—Osei, cualquier estudiante necesita un estuche para los lápices. No voy a mandar a mi hijo al colegio sin sus lápices.

No podía discutir con su madre, y tampoco pudo impedir que metiera el estuche en la bolsa, junto con un pañuelo que no utilizaría, un bocadillo que no sabía si se comería y una lata de Coca-Cola que sospechaba que no estaría permitida en el colegio. No había nada útil en la mochila, pero se la echó al hombro y se marchó a la escuela. No pudo ocultar el estuche en alguna parte, como había pensado, porque su madre lo acompañó casi hasta la puerta, aunque él le rogó que lo dejase ir solo. Al menos no entró con él en el patio, aunque se quedó en la valla, mirando hasta que entró. Los demás padres no hacían eso..., en sexto no.

Dee abrió mucho los ojos al ver el estuche con las fresas. No lo sacó y se lo enseñó a los demás para avergonzarle delante de todos. En vez de eso alargó el brazo y tocó una de las fresas, pasando el dedo por encima de la superficie y alrededor del contorno, como hacía Sisi cuando toqueteaba una de las fresas mientras hacía los deberes en la mesa de la cocina. Eso antes de que empezase a llevarse los deberes a su cuarto y a cerrar la puerta y poner la radio a todo volumen. Ahora Osei no estaba seguro de dónde hacía los deberes o de si los hacía.

—Es de mi hermana —explicó—, pero ya no lo usa. Está en el instituto. No usan estuches. No he encontrado el mío y he tenido que traer el suyo.

Se quedó callado, pensando en su hermana. Sisi siempre lo había protegido cuando eran pequeños, lo defendía cuando estaban en el mismo colegio, escuchaba sus quejas sobre el modo en que lo trataban los compañeros, le decía que sería más fácil cuando fuese mayor. Habían acordado de forma tácita no decírselo a sus padres, y taparse el uno al otro las mentiras que contaban para explicar el robo de las mochilas escolares, las camisas salpicadas de tinta, los labios ensangrentados y, una vez, un mechón de pelo cortado de una de las trenzas africanas de Sisi. (Osei corrió con la culpa y su padre le dio una azotaina. Él no se quejó.)

No obstante, cuando Sisi empezó a ir al instituto y fueron a colegios diferentes, fue apartándose poco a poco de su hermano y de sus padres. En vez de jugar con Osei después del colegio, se encerraba en su habitación y se pasaba horas teniendo absurdas conversaciones por teléfono con las amigas con las que había estado ese mismo día. O sabía que eran inanes porque a veces las escuchaba por el teléfono supletorio hasta que se cansaba de oír hablar de programas de televisión, de los chicos de la escuela, de enamoramientos y de la ropa que querían comprar. Por la noche, Sisi hablaba con sus padres lo poco que se atrevía o se sumía en un hosco silencio..., probablemente una opción mejor tratándose de su padre.

Sisi hablaba a Osei con el distanciamiento condescendiente que tan bien saben utilizar las adolescentes. Le dolía. Osei dejó de contarle lo que pasaba en el colegio, se calló lo de las camisas rasgadas en Roma y las rodillas peladas cuando le pusieron la zancadilla en Nueva York. Tampoco compartía las cosas buenas: los goles que había parado, la chica que había hablado con él, el sorprendente elogio de una maestra por su resumen del libro *La señora Frisby y las ratas de Nimh*. Suponía que ya no estaba interesada. Ya no leía *El juego de Egipto* o *El viento en los sauces* o *Una arruga en el tiempo*, sino libros de adolescentes como *Pregúntale a Alicia*, o libros sobre personas negras: *El hombre invisible*, de Ralph Ellison, *Todo se desmorona*, de Chinua Achebe, o *Yo sé por qué canta el pájaro enjaulado*, de Maya Angelou.

Su madre se tomaba con optimismo la transformación de Sisi. «Osei, tu hermana se hace mayor —tranquilizaba a su hijo—. No quiere tener a su hermano pequeño pegado a sus faldas. Pero sabes que aún te quiere. Cuando sea mayor, le será más fácil demostrártelo. Debes paciencia y ella volverá.

Su segundo año en Nueva York, cuando cumplió quince años, Sisi mutó en alguien aún más distante, hasta el punto de que Osei tuvo que obligarse a recordar que era su hermana. Primero empezó a romper con los amigos blancos que tenía en el colegio, lo cual la dejó sin amigos porque en su colegio solo había blancos. Luego empezó a salir con chicos negros a los que había conocido en otra parte, y adoptó un acento norteamericano salpicado de jerga. «Genial», empezó a decir. «Tu madre», decía para insultar a alguien. El día que se refirió a los blancos llamándolos «blanquitos» —aunque no delante de sus padres— Osei supo que sus caminos se habían separado de verdad.

Esta representación de una joven negra airada duró solo un mes o dos antes de transformarse en algo más sofisticado, e igualmente desconcertante para Osei. Dejó la jerga norteamericana, pasó al sonsonete del acento de Ghana que tenían Osei y ella de pequeños. Empezó a llevar túnicas coloridas de kente, para alegría de su madre. No obstante, la señora Kokote no se alegró tanto cuando Sisi se dejó crecer de tal modo el pelo para peinárselo a lo afro que se le inclinaba por su propio peso. Cuando regañó a su hija, Sisi se rio y le pasó el brazo por el hombro a su madre.

—Pero Maaama, deberías alegrarte de que me deje el pelo natural, como Dios quiso que fuese el pelo africano.

Empezó a salir más después de la escuela y los fines de semana. Osei cotilleaba detrás de la puerta y supo que mentía a sus padres a propósito de dónde se encontraba y con quién. Un día la siguió sin que se diese cuenta a Central Park, donde se sentó con un grupo de adolescentes negros a quienes no reconoció. Iban vestidos igual que Sisi, con dashikis u otras prendas de kente, y llevaban grandes peinados afro. Desde lejos no pudo oír lo que decían, pero lo adivinó por las llamadas telefónicas que había oído: eran estadounidenses, pero habían adoptado nombres neoafricanos como Wakuna, Malaika o Ashanti, y aludían en su conversación a Malcolm X, Marcus Garvey y los Panteras Negras, a eslóganes como Poder Negro o Lo Negro es Bello, y a expresiones que él no entendía como «supremacía blanca», «panafricanismo» y «racismo interiorizado». Osei vio a Sisi alzar el puño con el saludo del poder negro cada vez que llegaba o se marchaba alguien, un gesto que reconoció por el póster que ella había colgado en su habitación de los atletas Tommie Smith y John Carlos alzando el puño en las Olimpiadas de 1968 en México. Le intranquilizó. Tenía quince años; ¿no era un poco joven para ser una radical? Echaba de menos su antigua confianza, cuando jugaban a las cartas o intentaban aprender los bailes de *Soul Train*. Incluso echaba de menos su hosco silencio adolescente. No quería oírla hablar de los opresores y los oprimidos.

O se marchó de Central Park sin dejarse ver. No le dijo nada a Sisi. Ni tampoco les contó a sus padres lo que hacía su hija. Los Kokote parecían desconocer las nuevas actividades de Sisi.

Por otro lado, justo antes de partir a Washington, su madre le hizo cortarse el pelo y él mismo se quedó sin su peinado afro. Se había sentido orgulloso de él, llevaba a todas partes un peine en el bolsillo trasero del pantalón para peinarse la mata de pelo y que estuviese pulcro y aseado. Osei casi nunca discutía con sus padres, pero se resistió a cortarse el pelo. «¿Por qué?», preguntaba una y otra vez.

—En esta casa se presta demasiada atención al pelo —insistió su madre con una indirecta—. Es mejor empezar de cero.

Cuando O siguió quejándose, su padre lo interrumpió:

—Hijo, haz lo que te diga su madre y no cuestiones sus decisiones. Sabe lo que hace.

Ese fue el fin de la discusión y del peinado a lo afro.

—Lo siento, hermanito —dijo Sisi, riéndose al verlo después del corte de pelo—. ¡Pareces una oveja recién esquilada!

Él reparó en que ella seguía llevando el pelo a lo afro.

Ahora, cuando entró al lado de Dee, su nuevo maestro hizo que otro alumno se apartara para que pudieran sentarse juntos en los pupitres, que estaban colocados de cuatro en cuatro, uno enfrente de otro en forma de rectángulos. Debía de ser una decisión inesperada, pues O oyó murmullos que recorrieron la clase hasta que el profesor carraspeó y todos se callaron.

—¿Has traído lápices, bolígrafos, una regla y una goma? —le preguntó al nuevo alumno.

Osei se quedó helado porque no quería sacar el estuche de las fresas, ya que imaginaba las burlas que causaría y no sabía qué hacer. Pero Dee sí lo supo. Cogió su estuche del pupitre, se lo puso en el regazo y se lo pasó sin que nadie se diera cuenta.

—Sí...

—Señor Brabant —susurró Dee.

—Sí, señor Brabant. —O levantó el estuche. Era blanco, un color que él no habría elegido, pero al menos no era rosa. Tenía un dibujo de Snoopy, el perro de las tiras cómicas de Charlie Brown, sentado en su caseta de perro roja, inclinado sobre su máquina de escribir. Snoopy estaba bien; O lo prefería al desdichado Charlie Brown o a la mandona Lucy. El razonable Linus también habría sido aceptable, o Schroeder tocando su piano. No obstante, Snoopy tenía una ventaja sobre todos los demás: no tenía la piel blanca, sino pelo negro y blanco.

Al otro extremo de la clase una de las chicas —una muy guapa que parecía más fea por la ropa un tanto exagerada que llevaba— se quedó boquiabierta, quedó claro que había reconocido el estuche de Dee.

El señor Brabant, en cambio, no era de esos profesores que llegan a conocer el estuche de todos los alumnos. Se limitó a asentir con la cabeza y empezó a pasar lista. Dee se apellidaba Benedetti. O había acertado: italiana. Muchos de los demás tenían los típicos apellidos norteamericanos como Cooper, Brown, Smith o Taylor. Pero también habían muchos apellidos de inmigrantes: Fernandez, Korewski, Hansen, O'Connor. A pesar de ese eclecticismo, su propio nombre, Osei Kokote, que el señor Brabant escribió al final de la lista, seguía llamando la atención.

Cuando el profesor se volvió, O devolvió a Dee el estuche de Snoopy. Luego vació el estuche de las fresas.

—Quédatelo —susurró, y se lo puso en el regazo.

—¡Ohh! —suspiró Dee—. ¿Estás seguro?

—Sí.

—¡Gracias! —Sonrió y empezó a meter sus lápices en el estuche de las fresas. Luego le dio el estuche de Snoopy vacío—. Cambiémoslos.

—No tienes por qué —susurró O.

—Quiero. Me encanta. —Dee apretó el estuche de su hermana y continuó ofreciéndole el suyo—. Quiero que te lo quedes.

O cogió el estuche de Snoopy. La chica sentada enfrente de Dee —pelo recto y ratonil, con un flequillo muy bien peinado en el frente y un pichi de cuadros escoceses— los estaba observando fascinada, incapaz de disimular su repugnancia. O la miró y abrió más los ojos, y ella bajó la mirada y se ruborizó.

—Es Patty —dijo Dee—. Y ese es Duncan. —Señaló con la cabeza al chico robusto que tenía enfrente, que estaba mirando a sus amigos en las otras mesas y conteniendo la risa. O le miró y cuando por fin establecieron contacto visual, Duncan dejó de sonreír.

Osei metió sus cosas en el estuche de Dee, aunque ahora que habían hecho el intercambio se arrepintió un poco de haber regalado una cosa de su hermana. El estuche de fresas la había acompañado a muchos sitios y había sido un objeto familiar en todas las mesas de la cocina en las que Sisi había hecho sus deberes. En las vacaciones de verano incluso se lo había llevado a Ghana, donde siempre se lo pedían las hijas de la cocinera cuando jugaba con ellas, aunque tal vez ya fuesen demasiado mayores para quererlo. De todos modos fue como perder una pequeña parte de su historia familiar.

Ahora Dee estaba pasando los dedos por las fresas igual que hacía Sisi. A O le gustó verla hacer eso. Y cuando ella le sonrió con expresión cordial, el fuego que había notado la primera vez que la vio volvió a encenderse.

SEGUNDA PARTE

El recreo matutino

O y Dee, sentados en un árbol,
se han besado y se han dado la mano.
Ahora se quieren y se van a casar,
y pronto un bebito seguro que tendrán.

En cuanto salió al patio en la hora del recreo, Blanca fue directa a ver a Mimi. Todavía estaba mareada con las equis y las y griegas que les había explicado la señorita Lode esa mañana.

—Técnicamente, deberíais empezar con el álgebra en bachillerato —anunció—. Pero el año que viene veréis algunos rudimentos de álgebra en matemáticas y no quiero que mis alumnos de este colegio os quedéis en blanco cuando vuestros futuros profesores os los enseñen. Además, el señor Brabant ha empezado ya a explicarles las ecuaciones a sus alumnos. No querréis quedaros atrás.

La señorita Lode era consciente de que la otra clase de sexto, con un profesor más experimentado y alumnos más brillantes como Patty, Casper y Dee, iba más avanzada que la suya. No obstante, Mimi podría haberle dicho que por cada Patty en clase del señor Brabant, había también una Blanca; con su camiseta ajustada y los labios teñidos de rojo por el caramelo Now and Later que había comido a escondidas en clase. El aliento le olía a cereza sintética cuando agarró a Mimi del brazo y le gritó:

—Dee le ha dado su estuche al nuevo..., ¡le he visto con él!

—¿Cuál..., el de Snoopy? —Al igual que muchas otras chicas, Mimi podía detallar la vestimenta y las posesiones de sus amigas, sobre todo las cosas que deseaba: los zapatos de flamenco con lunares de Blanca, el collar de Dee con un búho, el impermeable brillante rojo de su hermana mayor. Sabía quién tenía la tartera de *Mamá y sus increíbles hijos*, los lápices con gomas de borrar con forma de duende en la punta, la chapa con la carita sonriente. Por supuesto, sabía cómo era el estuche de Dee, igual que Dee sabía que el suyo estaba hecho con tela vaquera vieja y que tenía un bolsillo donde Mimi guardaba un caramelo de menta Life Savers de emergencia.

—¡No me lo podía creer! —Blanca le puso el brazo en el hombro a Mimi como si fuesen las mejores amigas del mundo. Siempre adoptaba una actitud de cercanía que las demás niñas no sentían.

Mimi se apartó.

—¿Y qué estuche va a usar Dee?

Blanca se encogió de hombros.

—Ni idea. ¡Se sentaron juntos y hablaron todo el rato! Apuesto a que han hecho manitas debajo del pupitre.

—¿Has traído la comba?

—Dee la traerá. Vamos a esperar al barco.

El barco pirata era de madera, tenía un camarote por el que gatear y la cubierta escorada como si navegase con viento recio. Había un mástil muy alto y una cofa a los que se podía trepar por el aparejo o por una escala de cuerda. Lo habían construido en honor de la señora Hunter, que había sido la directora del colegio durante veinticinco años hasta que se jubiló hacía unos años. A las chicas les gustaba tumbarse en fila en la cubierta inclinada, con los pies apoyados en el camarote y ver quién hacía pompas más grandes con el chicle. En clase no estaban permitidos, así que esperaban a llegar al barco para llenarse la boca con chicles Big Buddy de color rosa, rojo y púrpura. La única que no podía era Mimi, porque se le pegaba al aparato de los dientes.

Dos niños de cuarto estaban trepando por el aparejo, pero miraron a Mimi y a Blanca y se marcharon. Mimi suspiró al instalarse en la cubierta.

—El año que viene seremos las pequeñas del patio —dijo, cerrando los ojos y volviendo la cara hacia el sol—. En el patio del instituto ni siquiera hay nada para jugar. Apuesto a que tampoco saltan a la comba.

—Cierto. Pero estoy preparada. —Blanca estalló un globo de chicle y golpeó con las piernas largas y desnudas contra la cubierta—. Estoy harta de este colegio. Quiero conocer a gente nueva.

Mimi sonrió sin abrir los ojos.

—Quieres decir a chicos nuevos.

—La que se ha llevado al nuevo ha sido Dee. No estoy muy segura de si me habría gustado para mí. —Blanca lo dijo como si hubiese podido quedárselo de haber querido.

—¿Por qué no? Ni siquiera sabes cómo es.

—Ya, pero... sería raro.

Mimi abrió los ojos y miró a Blanca.

—¿Qué sería raro? —Le gustaba hacer rabiar a Blanca.

—Pues no sé, ¿cómo será tocarle el pelo? ¿No estará... grasiento o algo así?

Mimi se encogió de hombros.

—¿Y qué más da? ¿Acaso le tocas el pelo a Casper?

Blanca llevaba saliendo y rompiendo con Casper todo el año; Mimi no estaba segura de si ahora estaban saliendo o habían roto. Por lo general dependía de si Casper se hartaba de recibir la atención de Blanca..., aunque cuando salían parecían más auténticos que ninguna de las otras «parejas» que habían intentado salir juntas. Desde luego más que ella e Ian.

—Aun así, sería raro. —Blanca hizo una pompa rosa y dejó que estallara sobre sus labios gruesos.

—A lo mejor tú le parecerías rara a él.

—¡Yo no soy rara! ¡La rara eres tú!

La discusión podría haber ido en aumento, pero en ese instante llegó Dee y las dos concentraron su atención en ella.

—¿Dónde está la comba? —preguntó Blanca.

—¡Ay! Se me ha olvidado. —Dee parecía aturdida, como si acabara de despertarse.

Blanca se echó a reír.

—¡No me lo puedo creer! Sé de una que se ha enamo- raaaado.

Mimi miró hacia la zona de saltar a la comba, donde el suelo era liso. Estaba ocupada con dos cuerdas y una goma. Dos de los grupos eran de quinto y podrían haberlos echado de haber querido. Pero Dee se instaló a su lado y ni ella ni Blanca parecían muy deseosas de ir a por la cuerda.

—Siento llegar tarde —dijo—. Había ido a enseñarle a Osei dónde está el baño de los chicos.

—¿A Osei? —repitió Mimi.

—El nuevo. Ha dicho que podemos llamarle O. Le he acompañado esta mañana. Aunque en realidad no le hace falta..., está acostumbrado a cambiar de colegio. Ha estado en otros tres en los últimos seis años.

—¿Cómo es?

—Muy simpático. De verdad. Y listo. A propósito, es de Ghana. Antes lo oí mal. ¿Habéis oído su acento? Es monísimo. Podría pasarme el día escuchándole.

«Le ha dado fuerte», pensó Mimi.

—¿Qué hace en Washington?

—Su padre es diplomático y lo han destinado a la embajada en el centro.

—Pero ¿por qué ahora? El curso acaba dentro de un mes. No parece que valga la pena ser el nuevo tan poco tiempo y volver a empezar en otro colegio en septiembre.

—Dice que sus padres pensaron que sería mejor que viniese aquí, a un colegio más pequeño, aunque fueran solo unas semanas, para que conociese a alguien al pasar al instituto.

—Es absurdo —la interrumpió Blanca—. ¿Cómo va a querer ser el nuevo dos veces? —Pero ya empezaba a perder interés, tenía los ojos fijos en Casper, que en aquel momento pasaba junto al barco con una pelota de goma roja—. Casper, ¿quieres venir con nosotras?

Casper les sonrió; su sonrisa confiada, en combinación con el pelo rubio y ondulado a la altura de los hombros y los ojos de color azul cielo, lo convertían con mucho en el niño más guapo del patio.

—No puedo..., vamos a jugar al kickball. Te veo luego.

—¡Ojalá gane tu equipo!

Mimi miró a Dee para poner los ojos en blanco por lo tonta que parecía Blanca. Pero Dee tenía la mirada fija en la entrada.

—Espero que Osei no se haya perdido, si no llegará tarde para jugar al kickball.

Mimi hizo una mueca. Todo lo que hiciese y dijera Dee a partir de ahora tendría que ver con el nuevo; hablaría de él siempre que pudiera, solo por pronunciar su nombre en voz alta, saboreando su significado especial mientras los que la rodeaban ignoraban su efecto. Que fuese secreto también formaba parte del encanto. Hasta Mimi había caído brevemente en lo mismo y había usado el nombre de Ian más de lo normal después del rato que pasaron juntos al lado del asta de la bandera.

Entonces llegó Osei y pasó junto al barco como a cámara lenta, volvió la cabeza y sonrió a Dee como si fuese la única chica del patio. Mimi tuvo la clara sensación de quedar excluida, igual que si estuviera al otro lado de la tapia de un precioso jardín. Le dieron ganas de soltar un bufido como un gato. «Debería esforzarme en ser amable con él —se reprochó—. Dee es mi amiga, aunque ahora vaya a pasar todo el tiempo con él.»

Miró a los chicos que pululaban como abejas en torno a Ian y a Casper en un rincón del patio. El kickball era uno de los pocos juegos en los que chicos y chicas jugaban juntos, pero había reglas no escritas que nadie cuestionaba. En el recreo de la mañana solo jugaban los chicos; en el de la tarde también podían jugar las chicas.

—Apuesto a que Ian escogerá a O para su equipo —dijo.

Pero pronunciar el nombre de Ian no la hacía brillar, como le pasaba a Dee cuando pronunciaba el del nuevo. Mimi e Ian llevaban juntos solo tres días, pero ya sabía que debía romper con él. Le dolía la barriga al pensar en su plan para dejarle al acabar el día de colegio. Era de esos chicos que no olvidan jamás si alguien les ofende y esperan su oportunidad para vengarse aunque tengan que pasar años. Ahora no estaba segura de poder romper. Tal vez tuviese que esperar hasta que se cansase de ella, y no tenía ni idea de cuánto tardaría eso.

Salir con él solo había tenido una cosa buena. Mimi recordó la sensación de volar alrededor del mástil cogida del extremo de la cuerda. Con independencia de lo que le hiciese sentir ahora, al menos le había dado ese momento de libertad.

—A lo mejor lo escoge Casper —dijo Dee.

—No nos vamos a quedar aquí viendo jugar a los chicos, ¿verdad? —se quejó Blanca—. ¡Es muy aburrido! Prefiero ver saltar a la comba.

Bajó de un brinco del barco y fue hacia la zona donde saltaban a la comba. A Blanca siempre se le daba bien colarse; enseguida sería su turno. Mimi la siguió tentada con la mirada.

—¿No te parece que O tiene una cabeza preciosa? —preguntó Dee—. Y sus ojos...; cuando te mira, te mira de verdad.

—No me he fijado. —En realidad, Mimi sí se había fijado—. Blanca me ha contado que le has regalado el estuche de Snoopy.

—Sí, lo hemos intercambiado. Me ha regalado un estuche rosa con fresas. Es muy bonito, te encantará. Ha sido muy generoso por su parte.

Mimi pensó en decirle que el intercambio no era tan generoso puesto que él también había conseguido algo, pero se calló. Empezó a ponerse en pie. Ver saltar a la comba era preferible a oír a Dee hablar del nuevo.

—No te vayas. —Dee puso una mano en el brazo de Mimi—. De verdad creo que te gustará O. Esta mañana en clase de geografía estábamos situando las capitales en un mapa del mundo, y me sentaron con él. Lo hizo muy deprisa y todas estaban bien. ¿Sabes que ha vivido en Roma? Y en Londres. Y en Acra, en Ghana, y ahora aquí. ¡Son cuatro capitales! Aparte de Nueva York.

—¿Habla italiano? —Mimi estaba interesada a pesar de sí misma.

—No se lo he preguntado, pero si quieres se lo pregunto. Me alegro de que esté aquí. Me gusta más de lo que me ha gustado jamás otro niño.

—Dee, es negro. —En su irritación, Mimi fue más brusca de lo que pretendía, pero quería espabilar a su amiga... y castigarla un poco, por haberla abandonado por un chico.

—¿Y? —le espetó Dee.

—¿Y... no te importa?

—¿Por qué iba a importarme?

—Porque es distinto de nosotros. Llama la atención. —Mimi no estaba segura de por qué estaba diciendo eso; ni siquiera estaba segura de creerlo. Sabía que sonaba igual que Blanca unos minutos antes. Pero insistió; quería advertir a su amiga de lo que intuía que le esperaba—. La gente se burlará. Dirá que estás saliendo con un mono. Yo no, claro, pero los demás sí.

Dee la miró con intensidad.

—¿Me estás tomando el pelo? ¿Es todo lo que tienes que decir sobre él, que es demasiado diferente para salir con él?

—No, yo... Olvida lo que he dicho. Soy tu mejor amiga, solo quiero estar segura de que no sufras..., no por él, pero...

—Se llama Osei, Mimi. ¿Por qué no lo llamas por su nombre?

—Vale, Osei. Parece majo. Pero si sales con él te meterás en un buen lío. ¿Y qué dirá tu madre? ¡Le dará un ataque!

Dee palideció al oír nombrar a su madre, luego disimuló con un gesto desafiante.

—Me da igual lo que piense la gente... o mi madre. Y me gusta porque es diferente. —Los chicos se habían dividido en equipos y habían empezado a jugar al kickball. Dee no apartaba los ojos de O, que estaba al fondo del campo—. ¿Y sabes una cosa? —añadió—. Yo también podría haber dicho algo de que tú salgas con Ian, pero no lo he hecho.

«Me lo tengo merecido», pensó Mimi.

—Lo siento —dijo—. Solo quería ayudarte. No te enfades conmigo.

—No estoy enfadada. Podría estarlo, porque lo que has dicho podía ser ofensivo para Osei y para mí. Pero sé que no lo has dicho con mala intención. No te preocupes, sé cuidar de mí misma.

A Mimi la retahíla de sentimientos adultos de Dee le pareció poco convincente y condescendiente. Pero se limitó a asentir con la cabeza, aliviada de que su amiga no se hubiese enfadado con ella. Dee estaba demasiado colada para enfadarse.

Al volverse para ver a Ian lanzar la pelota hacia el primer pateador, Mimi notó cómo se acumulaba la tensión en su estómago y la cabeza. Al final tendría que liberarla.

Osei se alegró cuando sonó el timbre del recreo. Aunque el aula era más segura —tenía su pupitre, el sitio donde se suponía que debía estar, y su tarea, lo que se suponía que debía hacer; y lo mejor de todo: tenía a Dee haciéndole caso—, al cabo de una hora y media se había vuelto opresiva y estaba deseando respirar aire fresco, por muchos peligros que hubiese en el patio.

El aula era como las otras en las que había estudiado, aunque tal vez un poco más liberal que las de los colegios ingleses e italianos. Había trabajos escolares en todas las paredes: un proyecto de arte en el que los alumnos habían pintado su autorretrato; pósteres sobre la fotosíntesis, osos panda, Australia y Martin Luther King Jr. Había ejemplares de rocas en el alféizar de la ventana: cuarzo, mármol, granito y lava. Había una pared entera dedicada a las misiones espaciales Apolo, y un rincón de lectura lleno de almohadones y pufs, donde podías ir si habías acabado la tarea. Las paredes estaban cubiertas de pósteres con el signo de la paz y la portada del álbum *Yellow Submarine* de los Beatles. Dee le susurró que lo había decorado una profesora ayudante que estaba entusiasmada con algo que llamaba la «clase abierta», pero que al señor Brabant no le gustaba ese rincón y, cuando no lo oía, decía de ella que era una hippy radical, y solo dejaba que los alumnos lo utilizaran por las tardes, cuando estaba la ayudante.

La mesa del señor Brabant se hallaba delante de la clase, y él se sentaba detrás como un soldado en posición de firmes, lo que hacía que todos los alumnos se sentaran rectos y en posición de firmes. Llevaba traje y corbata y daba la impresión de no andarse con tonterías. Osei prefería a los profesores así; cuando eran estrictos sabías a qué atenerte. Los malentendidos surgían cuando intentaban ser tus amigos. Por otro lado, la mirada fría del señor Brabant no era acogedora, sino cautelosa, como si estuviese esperando que O hiciese algo por lo que poder castigarlo. Osei conocía esa actitud; tendría que ir con cuidado.

Después de que el señor Brabant interrogara a Osei por su estuche y él lo intercambiara discretamente con el de Dee, el profesor dijo:

—Muy bien, chicos.

Y todos se pusieron en pie y miraron hacia el rincón al lado de la puerta donde pendía la bandera de Estados Unidos. Se pusieron la mano en el pecho, encima del corazón y empezaron a recitar: «Prometo lealtad a la bandera de los Estados Unidos de Norteamérica...». Dee lo miró de reojo, pero se tranquilizó cuando vio que Osei empezaba a recitar con los demás. Él se las arregló para reprimir la sonrisa que amenazaba con minar la solemnidad del juramento. O nunca había tenido que hacer un acto patriótico como ese en ningún colegio fuera de Estados Unidos, aunque una vez cantó el «Dios salve a la reina» en un partido de críquet en Lords, en Londres, al que le llevó su padre. Nadie había discutido jamás pronunciar el juramento, solo un grupo de alumnos de su colegio en Nueva York que se quejaba de que tener que decir «una nación, bajo Dios» violaba sus derechos civiles como ateos. Osei había guardado silencio cuando se produjo esa polémica; no quería atraer más atención negativa. Además, cuando averiguó qué significaba, supo que su madre se habría escandalizado si le hubiese oído declararse ateo. O no tenía muy claro lo de Dios; en la iglesia su existencia tenía sentido, pero cuando lo cogían y le daban de puñetazos al salir de la escuela, se preguntaba dónde estaba Dios.

Más tarde le contó a su hermana Sisi lo que habían dicho los ateos, y ella le soltó:

—Si querían saber de derechos civiles, deberían haberte preguntado a ti.

En aquella época estaba pasando por la fase en la que intentaba parecer más una negra norteamericana que africana, con un tono más agudo, una gramática más laxa y vocales alargadas. Osei todavía no se sentía capaz de imitarla, aunque sabía imitar el acento norteamericano si quería. Habían pasado sus primeros años en Ghana, y después habían ido todos los veranos, de modo que, a diferencia de sus padres, sabían encender y apagar el acento como un interruptor; a veces era útil.

O ya había decidido subrayar su lado africano en este colegio de Washington. Los blancos parecían sentirse menos amenazados por los africanos. No siempre, claro. Pero notaba el temor que les inspiraban los negros norteamericanos, y estos siempre encontraban modos de aprovecharlo. Parecía ser su única ventaja.

Después del Juramento de Lealtad, el señor Brabant le dio a Dee un triángulo rojo, blanco y azul, y ella desapareció un instante con otra chica, después de murmurar:

—Tengo que ir a izar la bandera. Enseguida vuelvo.

Osei no tenía ni idea de a qué se refería, pero en cuanto se fue se notó mucho más vulnerable. A su alrededor oyó risitas y susurros, que se esforzó en pasar por alto. Enfrente, Patty lo miró por debajo del flequillo, y se puso colorada cuando la pilló. A su lado, Duncan lo miraba con más descaro y una expresión de perplejidad, como si estuviese esforzándose por idear un buen chiste sobre O y no pudiera porque no era lo bastante listo... y lo supiese.

O no quiso admitirlo, pero fue un alivio cuando Dee volvió a sentarse a su lado.

Aunque el señor Brabant era estricto, dejó que Dee le explicase cosas a O en voz baja toda la mañana. Era evidente que era una enchufada..., la preferida del profesor, como decían en Estados Unidos. O nunca había sido el preferido del profesor, porque nunca lo entendían. Era trabajador: hacía los deberes, prestaba atención en clase, no se portaba mal. Tampoco levantaba mucho la mano, ni escribía ninguna historia especialmente interesante, ni hacía dibujos bonitos o leía libros por encima de su nivel. Debido a los cambios de domicilio tenía lagunas que le entorpecían. Era un típico alumno de notable.

O sospechaba que sus profesores sentían alivio de que no intentase destacar portándose mal, suspendiendo o sien-

do un alumno modélico. Era evidente que algunos esperaban que se portase mal. Les habría intranquilizado un poco
que un niño negro se lo hiciese pasar mal, aunque otros
querrían que lo hiciese para poder castigarle. A veces les
sorprendía que O acertase todas las preguntas de un examen de matemáticas, o que supiese que el bronce se hace de
cobre y estaño, o que en Berlín había un muro que dividía
la ciudad en dos. Le echaban miradas que revelaban sus
sospechas de que hubiese copiado, aunque en realidad había aprendido muchas de esas cosas oyendo a Sisi mientras
hacía sus deberes.

Otras veces, no obstante, se equivocaba con las cuestiones más sencillas: ignoraba quiénes fueron los dos generales
más importantes de la Guerra Civil americana, o quién había asesinado a Abraham Lincoln, o que John Hancock tenía
una firma muy complicada. Su método para las divisiones
largas era inglés y parecía muy diferente del norteamericano,
aunque obtenía el mismo resultado. Cuando se equivocaba,
Osei notaba que los profesores asentían para sus adentros,
secretamente complacidos. Eso era lo que esperaban: un
niño negro equivocándose.

Al cabo de una hora, la clase se puso de pronto en pie y
arrastró con ella a Osei. Una mujer de edad mediana había
aparecido en el umbral. Tenía el pelo gris cortado a lo casco,
y llevaba un traje de chaqueta y un collar de perlas falsas.
Emanaba autoridad y Osei supo que debía de ser la directora, que había ido a echarle un vistazo.

—La señora Duke —susurró Dee.

—Buenos días, niños —dijo.

—Buenos días, señora Duke —repitieron con el sonsonete obediente que Osei había oído en todos los colegios.

—Podéis sentaros. He venido a saludar a nuestro nuevo alumno, Osei Kokote. —El apellido lo dijo bien, pero pronunció el nombre «Oss-I» con un énfasis innecesario, como diciendo que un nombre así requería cierto esfuerzo. A O no se le pasó por la cabeza corregirle—. Oss-I es de Ghana, ¿verdad, Oss-I? —Sus ojos se posaron justo encima de su cabeza.

—Sí, señora —respondió mecánicamente.

—Señora Duke —volvió a susurrar Dee.

—Bien, Oss-I, ¿querrías levantarte y contarnos algo de Ghana? —Aunque su voz hizo una inflexión al final, era claramente una orden y no una pregunta.

—Sí, señora Duke. —Osei se puso en pie. No estaba tan nervioso como podría pensarse; ya había pasado por eso antes—. Ghana es un país de África occidental —empezó—, situado entre Togo y Costa de Marfil, y da al océano Atlántico. Tiene una población de nueve millones de personas. La capital es Acra, que es donde nací. Fue una colonia de Gran Bretaña hasta 1957, cuando se declaró la independencia, igual que en Estados Unidos en 1776 —añadió al notar la perplejidad de los demás alumnos—. El general Acheampong lideró un golpe de Estado militar en 1972 y se convirtió en líder. —Osei recordaba la tensión de aquel verano cuando volvieron a Ghana: tanques y soldados con metralleta en el aeropuerto. No se quedaron en Acra, sino que fueron directos al pueblo de su abuelo donde las cosas seguían igual que siempre. Más perplejidad. En Estados Unidos nunca había habido un golpe de Estado, así que ¿cómo iban a entenderlo? O volvió a asuntos más normales—. Ghana tiene clima tropical: hace calor todo el año, y hay una temporada de lluvias en primavera y en verano. Sus principales productos son el cacao, el oro y el petróleo.

Se interrumpió y miró a la señora Duke para ver si quería que continuase. Odiaba reducir su vibrante y complejo país a unas cuantas frases manidas. Pero sabía que eso era lo que querían.

La clase siguió en silencio. El señor Brabant miró hacia la ventana con el ceño fruncido. Pero la señora Duke asintió satisfecha.

—Muy bien, Oss-I. Lo has expresado muy bien. Siempre aprovecho la oportunidad de que un alumno nuevo les cuente algo del mundo a los demás. —Se volvió hacia la clase—. Espero que acojáis bien a Oss-I para que se sienta como en casa el mes que va a pasar aquí. —Ojalá se hubiese parado ahí—. No ha tenido las oportunidades de las que disfrutáis vosotros en este colegio, así que espero que le deis la ocasión de participar en todo lo que podemos ofrecer a los alumnos más desfavorecidos.

Las últimas tres palabras hicieron que Osei apretara los dientes. El comentario de la señora Duke le recordó un relato breve de Shirley Jackson titulado *Después de usted, mi querido Alphonse*, en el que una madre revela sus prejuicios al niño negro que lleva su hijo a casa. A principios de ese año, una profesora bienintencionada en Nueva York había hecho que la clase de Osei lo leyese y discutiera, pensando que ya eran lo bastante mayores para entenderlo y que tal vez les ayudase con sus «relaciones interpersonales», como dijo ella. En lugar de eso, sus compañeros se habían sentido cohibidos con él las siguientes semanas.

La directora le hizo un gesto al señor Brabant.

—Gracias, niños. Podéis seguir con la clase.

Se marchó y su perfume —floral, demasiado dulzón— persistió.

Cuando sonó el timbre, Dee susurró: «El recreo de la mañana». O soltó el aliento, aunque no era consciente de haberlo contenido. Aun así, tardó en salir y fue primero al baño, donde lo acompañó Dee, que no parecía dispuesta a dejarlo solo ni cuando él insistió en que sabía por dónde se salía al patio.

—Tus amigas te estarán esperando —dijo.

Ella se encogió de hombros.

—Que esperen.

—Hablarán mal de ti. —Ella se rio—. De verdad —insistió él—. Me las arreglaré. Por favor, ve.

Entonces Dee se ruborizó y se fue. En cuanto se marchó, O deseó que volviese. Era halagador tener a alguien tan preocupado por él.

Comprobó con alivio que el baño estaba vacío, pero aun así se metió en un retrete y no usó los urinarios para evitar que si entraba alguien quisiera ver de qué tamaño y de qué color era su pene.

Salir al patio siendo el nuevo por segunda vez fue más difícil que la primera, donde el elemento sorpresa casi siempre lo protegía hasta llegar al refugio del pupitre. Ahora Osei sabía que al salir del edificio habría gente esperándole, observando qué hacía y esforzándose en dejarle claro que no era bien recibido.

Era una sensación muy diferente de la que tenía cada verano cuando llegaba con su familia al aeropuerto de Acra y salía al intenso calor que le cubría el cráneo de sudor. Aparte del caos de la gente y de los coches, de los bocinazos, de los taxistas que les silbaban para llamar su atención, de las voces graves y agudas, de los chillidos de una sociedad que no ocultaba cómo se sentía, Osei siempre experimentaba algo mucho más profundo: la comodidad de estar entre gente que era como él. Su gente, que no lo miraba ni hacía juicios por el color de su piel. Por supuesto, pronto lo juzgarían por otras cosas: las personas siempre tienen que comparar: la ropa, el dinero, lo que estudiaba en el colegio, lo que hacía su padre y cómo llevaba el pelo. Pero esa sensación de encajar —y de ser anónimo entre personas con el mismo tono de piel— era algo que Osei agradecía cada verano y que echaba de menos el resto del año.

Se plantó en el patio y observó mientras muchos ojos azules se volvían hacia él, las conversaciones se acallaban y el aire se adelgazaba hasta que todo acababa enfocándose en él.

No por mucho tiempo, sin embargo. Como ocurría a menudo, los deportes lo salvaron. Osei se sentía mucho más seguro con balones, bases, porterías y equipos que con horarios, exámenes sorpresa y la cronología de la historia de Estados Unidos. El deporte era un idioma que hablaba con fluidez, porque no requería aprender cosas nuevas cada vez que cambiaba de sitio. El críquet y el softball tenían sus diferencias, pero balancear un bate, coger una pelota o correr eran movimientos que se traducían con facilidad.

Los niños de sexto se habían juntado en un extremo del patio para jugar al kickball. Osei sabía que lo mejor sería ir con ellos; participar era más seguro que quedarse solo. Había aprendido a jugar al fútbol en Ghana y en Roma, al críquet en Londres y al softball y al baloncesto en Nueva York. El kickball era como el softball, o el rounders inglés, con bases, carreras y un lanzador que te arrojaba una pelota de goma roja del tamaño de un balón de baloncesto, le dabas una patada y echabas a correr. Era muy difícil tomarse en serio una pelota, y las patadas hacían que todo el mundo pareciera un poco tonto. Sin embargo, era divertido y no tenías que ser muy bueno para chutar la pelota o cogerla. Todo el mundo tenía oportunidad de jugar bien. Incluso las niñas norteamericanas jugaban al kickball, aunque O nunca había visto a niñas italianas o inglesas jugando al fútbol.

No estaba preocupado por el juego en sí mismo, pero la elección de equipos era la ducha fría por la que tenía que pasar antes de meterse en la piscina caliente. Al ser el nuevo, sería probable que lo escogieran el último, pues era una incógnita y no disponía de alianzas con las que contar. Siempre resultaba humillante estar allí mientras elegían a los chicos y cada vez quedaban menos, hasta que quedaban él y uno o dos más, los débiles, los enfermos, los que no tenían amigos. El negro. Por lo general, fijaba la mirada en algo en la distancia para no tener que ver las sonrisas y —peor aún— las miradas de lástima. Si los capitanes eran piadosos no se entretenían y repartían a los que sobraban con rapidez. A veces, no obstante, un capitán se tomaba su tiempo para observar lo que quedaba, y se reía y decía algo desdeñoso a los de su equipo, y O tenía que quedarse allí, apretar los puños e imaginar a su madre diciendo: «Nada de violencia, Osei. Pelearse no es la manera». No siempre la obedecía.

Ese día se quedó a un lado, resignado a esperar al final con los otros infelices. Al menos tenía algo que mirar en la distancia: Dee estaba sentada con sus amigas en el barco pirata del patio, sonriéndole.

Estaba devolviéndole la sonrisa cuando notó un codazo.

—¡Eh! —le dijo un grandullón que tenía al lado—. Te llama Ian.

O alzó la vista, sorprendido. Los dos capitanes, Casper e Ian, habían escogido a uno e iban a empezar la segunda ronda. Ian era el chico que le había dicho dónde ponerse al empezar el colegio. Sus ojos eran grises como la pizarra, con una cautela que hacía difícil interpretarlos. Osei entendió esa manera de mirar; él había hecho lo mismo para protegerse. Lo estaba haciendo ahora.

—Tú..., ¿cómo te llamas? —preguntó Ian.

Osei dudó. Quiso decir: «Tengo el nombre de reyes Asante. Mi nombre significa "noble"». Pero no lo dijo, aunque estaba orgulloso de él. Precisamente por eso quería mantenerlo a salvo de abusones y bromistas.

—Llámame O —dijo.

—O, ¿alguna vez has jugado al kickball?

—Sí..., en Nueva York.

Se hizo un silencio. Sabía que la alusión a Nueva York a menudo inspiraba respeto en los habitantes de otras ciudades, que pensaban que era enorme y peligrosa. No sería él quien les dijese que había ido a un tranquilo colegio privado —también de niños blancos— y no a una mucho más dura escuela pública. Casper, el otro capitán, asintió con la cabeza en señal de respeto. Osei reconoció el tipo. Era un poco como una versión rubia de David Cassidy de *Mamá y sus increíbles hijos*; Sisi había tenido un póster suyo en la pared varios años, antes de reemplazarlo por uno de Malcolm X.

—Muy bien —dijo Ian, y le indicó a O con un gesto que fuese con él.

—¿Qué hace? —le murmuró el grandullón al niño que tenía al lado mientras Osei pasaba cohibido al equipo de Ian bajo la presión de quince pares de ojos fijos en él.

Solo entonces dijo Ian:

—A los negros se les da bien el deporte, ¿no?

Osei no hizo una mueca, ni le golpeó, ni se marchó. Por fin alguien que hablaba claro. Fue casi un alivio oírle expresar el prejuicio con tanta franqueza. Ahora él también podía hablar claro.

—A este negro sí —respondió.

Tendría que chutar con todas sus fuerzas.

Perdieron el saque, así que el equipo de Ian empezó fuera. Ian no asignó posiciones, pero O fue directo a donde había menos acción, sabedor de que no convenía llamar la atención ocupando por ejemplo la primera base. Se contentó con esperar en la hierba con los más débiles.

Como en el softball, en el kickball había cuatro bases, y tenías que recorrerlas todas para hacer una carrera. Quedabas eliminado si los de fuera lanzaban a la base la pelota que habías pateado antes de que llegaras, o si te tocaba la pelota antes de llegar a la base, o si pateabas la pelota y uno de los de fuera la cogía antes de que tocase el suelo. Cuando eliminaban a tres de tu equipo, era el turno del otro. Quien hiciese más carreras, ganaba.

Empezó un chico llamado Rod. Pateó la pelota fuerte y baja de manera que pasó entre la primera y la segunda base hacia el niño que había a la izquierda de Osei, un chico lento que cogió la pelota y la lanzó con tanta fuerza que fue a parar a O en lugar de al campo. Cuando la recogió y volvió a lanzar, Rod había llegado a la segunda base. Se oyeron gritos del grupo y un «¡Venga, hombre!» de Ian, pero al menos no iban dirigidos directamente a O. Él no habría podido hacerlo mejor.

No obstante, se alegró de haber tocado la pelota. Después del primer toque siempre se sentía más seguro.

El siguiente niño pateó corto y alto e Ian la cogió con facilidad. Uno eliminado. Después los chicos hicieron lo que habría hecho cualquier jugador sensato y aprovecharon el punto más débil del equipo: apuntaron a propósito al chico que había a la izquierda de Osei. La primera vez la pelota cayó al otro lado del chico —demasiado lejos para que Osei le ayudara— y el primer base tuvo que correr a por ella. No obstante, la ocasión siguiente fue alta y fuerte y el chico se plantó debajo con los brazos abiertos confiado en descubrir milagrosamente su habilidad atlética y cerrar los brazos justo en el momento indicado. Osei podría haberle empujado y haber cogido la pelota él mismo, tuvo tiempo de sobra para hacer el cálculo. Pero no lo hizo; le pareció mal abusar del chico débil y podía no serles de ayuda a ninguno de los dos. Así que corrió a su lado y esperó a que la pelota cayera entre los brazos del chico. Luego la cogió y la lanzó con fuerza a la segunda base, donde el que estaba allí se las arregló para eliminar al corredor. Otro fuera, aunque Rod completó la carrera.

Así, cuando le tocó chutar a Casper quedaba solo un corredor en la primera base. Hay chicos que sabes que lo van a hacer bien, aunque nunca les hayas visto jugar. Osei y los demás retrocedieron varios pasos, por respeto a la habilidad de Casper, sabedores de que golpearía la pelota con más fuerza que nadie. Además era noble: no la lanzaría en dirección al chico débil. O miró de reojo hacia el barco, vio que las chicas estaban mirando a Casper y sintió una punzada porque fuese otro el centro de toda la atención, aunque fuera un chico amable como Casper. Ian le lanzó la pelota y Casper le dio una patada: arriba, arriba en el aire, girando y girando y descendiendo hacia O. Apenas tuvo que moverse, solo un paso para recibirla y la pelota cayó entre sus brazos, rozándole la mejilla y golpeándole el pecho, pero no la soltó y Casper quedó eliminado.

Se oyeron gritos en su equipo. «¡Así se hace, O!», gritó alguien. Luego fue con la pelota hacia Ian que asintió con la cabeza, la gente gritó su nombre, en la distancia las chicas vitoreaban y por un breve instante O se libró de la conciencia exagerada de su piel negra y fue solo un nuevo y rutilante héroe en el patio del recreo.

Al cruzarse con él para salir del campo, Casper le dijo:

—Bien hecho.

No había celos ni sarcasmo en sus palabras; era sincero en lo que decía. Su franqueza y su confianza en sí mismo resultaban atractivas. También hicieron que a O le diesen ganas de hacerle la zancadilla.

Osei no dio por descontado que una buena jugada lo convertiría en la estrella del equipo, ni que Ian lo pondría en una de las mejores posiciones para chutar: cuarto o quinto, cuando las bases estuvieran ocupadas y una buena patada pudiese lograr varias carreras.

Y no lo hizo.

—Está claro que sabes lanzar y atrapar la pelota —dijo Ian cuando todos los del equipo se juntaron en el *home plate*—. Pero ¿también sabes chutar? —Le echó una larga mirada a O con los ojos grises y turbios que estaban tan juntos que al mirarlos te sentías descentrado. Luego hizo un gesto y O comprendió que quería que fuese el primero.

No era una estrategia descabellada. Si no sabías qué tal lo haría alguien, podías ponerlo el primero y si lo eliminaban el equipo todavía tendría oportunidades de ganar. Por supuesto, si el primer chico lanzaba la pelota muy lejos, sería un enorme desperdicio, pues solo conseguirían su propia carrera.

Y eso era lo que iba a hacer O. Lo que tenía que hacer. No podía demostrarles que sabía lanzar y coger la pelota y luego chutar mal. Ni siquiera podía chutar de forma mediocre, lo suficiente para llegar a la primera base. Tenía que hacer una carrera.

Cuando se adelantó, se oyó un murmullo en el campo de juego, y le alegró ver que todos retrocedían. Esperaban mucho de él. Dee y Mimi estaban de pie en el barco, observando. De hecho, tuvo la sensación de que todo el patio se había paralizado.

En el colegio de Roma, Osei había sido portero a menudo cuando jugaban al fútbol; a los demás chicos no les gustaba estar en contacto físico con la piel negra y eso podía evitarse si estaba en la portería. En esa posición al menos había aprendido cómo golpear la pelota alto y lejos. Por lo general un portero patea la pelota cuando está quieta, así que cuando Casper se la lanzó inesperadamente deprisa, se tomó un segundo para calibrarla, luego corrió hacia ella y notó que los dedos conectaban con ella con fuerza. Debería llegar lejos.

Y así fue. La pelota se alzó por encima de todos, pasó sobre la valla metálica que rodeaba el patio y rebotó en el techo de un Oldsmobile Cutlass Supreme de color azul que había aparcado al otro lado de la calle. Se oyeron gritos en el campo de juego, de las chicas, de todo el patio..., excepto los miembros del equipo de O. Ellos se quejaron.

Él los miró sorprendido por su respuesta.

—¿No es una carrera?

—No cuenta si la pelota sale del patio —comentó Ian.

—Sí —añadió Duncan—, y además no podemos seguir jugando. Es la norma de los profesores. Odian tener que ir a buscarla. Mira, ha llegado hasta Maple.

La pelota había rodado calle abajo, había chocado contra las ruedas de los coches aparcados e iba hacia el cruce, donde los conductores tocaban la bocina al esquivarla.

—Lo siento. No lo sabía.

—¿Sabías que ha caído encima del coche de los padres de Casper? —añadió Ian—. Vive ahí enfrente.

—¡Ah! Me disculparé.

Ian se encogió de hombros. Parecía más divertido de la humillación de O, que enfadado porque se hubiese terminado el juego.

No por mucho tiempo. Dee llegó corriendo del barco. Cuando llegó a donde estaba Osei lo abrazó.

—¡Ha sido increíble!

O se quedó de piedra, y los demás niños del patio también: se acallaron los gritos, el zumbido se silenció. Ian dejó de sonreír.

—¡Lo ha tocado! —susurró Patty con una mezcla de asombro y espanto. Un coro de voces lo repitió.

—No solo lo ha tocado..., ¡lo ha abrazado!

—¡Joder!

—Yo no lo haría..., ¿y tú?

—¿Crees que están juntos?

—Seguro.

—¿Podría salir con quien quisiera y lo elige a él?

—¿Es que Dee se ha vuelto loca o qué?

—No lo sé..., es mono.

—¿Estás de coña? ¡Es.., ya me entiendes!

—No solo eso..., es nuevo. Ni siquiera lo conoce.

—Sí, podría ser un asesino con un hacha, o como ese tipo disfrazado de Santa Claus que estrangula a la chica de *Historias de la cripta*.

—¿La has visto? Mis padres no me dejan.

—También he visto *El exorcista*. Me colé con mi hermano mayor. Casi me muero de miedo..., sobre todo cuando habla con esa voz tan rara.

Osei no oía lo que decían, pero daba igual. Todos le habían visto pasar una línea que nunca había pensado cruzar.

Al abrazarlo, Dee notó que Osei se ponía rígido y, cuando se apartó de sus brazos suaves, percibió la tensión a su alrededor. Mimi miraba al suelo; los chicos —Ian, Casper, Rod y los demás— estaban en posición de firmes como soldados. Patty movía un poco la cabeza. Dee había tocado a O, delante de todos, y la desaprobación del patio e incluso, por lo que parecía, del propio O, era tan fuerte que tuvo que cerrar los ojos.

—Vayamos a los árboles —dijo Dee.

Santuario.

Los cipreses eran el rasgo más sorprendente del patio. El arquitecto debía de tener debilidad por los árboles, y en lugar de arrancar el grupo de cipreses que había cuando edificaron la escuela, los dejó y diseñó el patio a su alrededor, de forma que habían crecido en un rincón. Tal vez para justificar su conservación, mandó construir un arenero, que nunca se usaba para jugar; era el patio de los alumnos mayores y solo los pequeños jugaban con entusiasmo en la arena. En vez de eso se convirtió en uno de los pocos lugares neutrales del patio adonde iban a pasar el rato niños y niñas de todos los cursos.

Dee llevó a O hasta los árboles y se sentó en la arena. Él dudó y luego hizo lo mismo. Una vez que estuvieron uno al lado del otro, el patio empezó a revivir poco a poco. Los chicos recuperaron la pelota y la usaron para jugar al balón prisionero: Ian y Rod chutaban con mucha fuerza y dejaban marcas rojas en las pantorrillas de los chicos que iban en pantalón corto. Las chicas siguieron jugando a la rayuela, y Mimi se sentó a jugar a las tabas con su compañera de clase Jennifer no muy lejos del arenero. Blanca empezó a saltar a la comba.

—Has chutado muy bien —observó Dee.

O se encogió de hombros.

—Pero la pelota cayó en el coche de Casper. Y se acabó la partida.

—Bueno, tú no lo sabías. Ian debería haberte explicado las normas al principio. —Cogió un puñado de arena, todavía un poco húmeda de rocío, y dejó que se le escapara entre los dedos para recoger las hojas y las piñas de ciprés—. ¿Jugabas al kickball en Nueva York?

—Un poco. —O pasó la mano por la arena y alisó una parte.

—¿Cómo era Nueva York? Siempre oigo comentarios que dan miedo. Que a la gente la atracan todo el tiempo, o la asesinan. Y que está muy sucia.

—No estaba tan mal. Vivíamos en un buen barrio. —O hizo una pausa, como si pensar en Nueva York le hubiese recordado alguna cosa.

—¿Qué? —Por cómo la miraba Dee comprendió que estaba decidiendo lo que podía contarle y lo que no—. Dímelo —añadió—. Puedes contármelo todo. —Este deseo de conocerle mejor era casi un ruego.

—Vivíamos en el Upper East Side, casi todos los bloques de apartamentos tienen portero. —Sonrió al ver su ignorancia de barrio residencial—. Son hombres que se sientan a la entrada del edificio, como un guardia, solo que también te ayudan con los paquetes, con la compra, a encontrar un taxi y cosas así. No había mucho…, no había mucha gente como nosotros en ese barrio. Así que cada vez que pasaba delante de un portero me observaba de cerca y silbaba para llamar la atención del portero del edificio siguiente, y que él también me mirara y silbase. Había silbidos en toda la manzana. Normalmente solo lo hacen si pasa una chica guapa. Incluso cuando ya me conocían y me habían visto pasar a diario durante varios meses, seguían silbando. Decían que era una broma, y a lo mejor llegó a serlo con el tiempo, pero a mí nunca me lo pareció. Era como si estuviesen esperando que hiciera algo.

—¿Qué?

—Que robara alguna cosa, que atracara a alguien, o que les tirase una piedra.

—Eso es… —Dee no sabía qué era. Todavía intentaba imaginárselo viviendo en un apartamento y no en una casa, como sus amigos y ella. Pero ella vivía en un barrio residencial. Allí no había muchos apartamentos—. ¿Y vuestro portero?

—No estaba mal. Los otros porteros se burlaban de él, pero mi padre le daba un buen aguinaldo en Navidad y eso ayudaba. Aunque nunca nos pedía un taxi, ni siquiera cuando pasaba uno vacío. Decía que no había, o que iban a hacer otra carrera. Solo cogimos dos taxis en todo el tiempo que pasamos allí.

Dee nunca había ido en taxi..., nunca le había hecho falta. ¡Qué vida tan exótica, tener que coger taxis!

—Háblame más de Ghana —dijo, solo para oír su voz.

Osei se puso más erguido.

—¿Qué quieres saber de mi país?

La alusión a Ghana parecía haberle vuelto aún más serio.

—Bueno... —Dee hizo una pausa, pensando si sacar o no a relucir un detalle que se le había ocurrido al oír hablar por primera vez de Ghana. Pero le gustaba, le gustaba mucho, y quería ser lo más franca posible con él—. ¿No... se comen a la gente?

O sonrió.

—Confundes Papúa Nueva Guinea con Ghana. Papúa Nueva Guinea está cerca de Australia.

—¡Ah! Perdón.

—No pasa nada. Mi hermana Sisi tuvo una vez un profesor en Roma que cometió el mismo error, y le hizo redactar un trabajo sobre el canibalismo. Lo estudió conmigo, así que lo oí todo.

Esto era incluso más sorprendente que lo de los porteros y los taxis.

—¿Cómo se dice «canibalismo» en italiano?

—*Cannibalismo*.

Dee se rio, luego se puso seria.

—Entonces a lo mejor me puedes explicar por qué se comen unos a otros. Nunca lo he entendido. Es asqueroso.

—Bueno, una razón es que a veces no hay comida suficiente. Si hay una hambruna o si están atrapados en un sitio donde no hay nada para comer. ¿Oíste lo del avión que se estrelló en los Andes hace dos años y que los supervivientes tuvieron que comer carne humana para sobrevivir? —Dee se estremeció, no estaba muy segura de por qué había tomado ese rumbo la conversación, pero tampoco de querer cambiarlo. Nunca había hablado de un asunto tan serio con otro chico..., ni ya puestos con otra chica—. Pero la mayoría de las veces no es por el hambre —continuó O—. Se comen unos a otros cuando vencen una batalla, como trofeo de guerra. A veces se comen un pedazo de alguien a quien querían cuando muere. Es como devolverlos a la comunidad, como hacer que se reencarnen en tu propio cuerpo.

—¡Puaj!

O se rio.

—¡En Ghana bailamos y cantamos cuando se muere alguien, pero no nos lo comemos!

Dee pensó en su abuelo tendido en un ataúd abierto en una iglesia de Carolina del Sur. Había sido raro y solemne y le habían hecho daño los zapatos nuevos.

—¿Tú también bailas?

—Sí. Es una fiesta que dura toda la noche, con comida y grupos de música y mucha gente. La familia coloca carteles por el pueblo para anunciarla y todo el mundo acude. Gastamos mucho dinero en los funerales, tanto como en las bodas. —Su acento parecía volverse más africano cuando hablaba de Ghana, sus vocales más marcadas y su voz más enfática.

—Qué raro. ¿Viajas mucho a Ghana?

—Vamos todos los veranos para ver a mis abuelos.

—¿Y te gusta?

—Claro.

—Cuando vais, ¿os quedáis en la ciudad o en el campo?

—Las dos cosas. Tenemos una casa en Acra y otra en el pueblo de mi abuelo.

Dee quería preguntarle si la casa era una choza de adobe con el techo de paja como las que había visto en las fotos de África en el *National Geographic* de su padre. Pero sus meteduras de pata con el canibalismo y los dashikis la habían escamado y no se atrevió a preguntar nada que revelara aún más su ignorancia.

Pensó qué podría preguntarle. En el silencio reparó aún más en que estaban sentados a la sombra de los cipreses, con el patio activo a su alrededor, pero con todo el mundo pendiente de ellos, observándoles. Habría preferido estar andando, trepando por las barras o columpiándose en los columpios a estar allí sentada.

—¿Hay muchos animales salvajes? —Dee se habría dado de patadas a sí misma por preguntar algo tan simple, pero la conversación corría el riesgo de estancarse, como ocurría a menudo cuando una chica y un chico se sentían cohibidos de pronto.

—Sí. Tenemos búfalos, babuinos, facóqueros, monos y muchos animales más.

—¿Y elefantes?

—Sí.

Aunque parecía dispuesto a que le hiciera preguntas, él no le preguntaba nada. Pero los chicos casi nunca preguntaban..., se les daba mejor hablar que escuchar, y mejor actuar que hablar. Dee nunca había estado tanto tiempo sentada charlando con un chico.

Como no le preguntó, Dee no pudo contarle nada de sí misma. ¿Qué le diría si preguntase? Que sus padres eran muy estrictos. Que le gustaban las matemáticas pero fingía que no. Que le sorprendía su propia popularidad en el colegio dadas las limitaciones que le imponía su madre: no podía ir al centro comercial con sus amigas, nunca había celebrado una fiesta de cumpleaños llevando a todo el mundo a patinar o al cine. Que a veces se sentía triste sin motivo. Que Mimi le había echado hacía poco las cartas del tarot y le había dicho que muy pronto las cosas cambiarían bruscamente para ella. Dee había dado por sentado que se refería a que pasaría al instituto en otoño, pero ahora, al ver a O alisando y removiendo la arena una y otra vez, al ver su mano oscura sobre la superficie pálida, pensó que a lo mejor «muy pronto» era más pronto de lo que había imaginado.

Luego él alzó la vista y le sonrió, con la cara ladeada de forma que parecía un poco travieso, y todas las palabras dichas y no dichas, las preguntas formuladas y sin formular, los silencios incómodos, quedaron barridos por el calor que la recorrió. Dee nunca había sido como Blanca y algunas de las otras chicas, que procuraban llamar la atención, perseguían a los chicos y les animaban a fijarse en ellas. Su ropa no era brillante y ajustada. No se subía los pechos incipientes, sino que se encorvaba para disimularlos. No había experimentado con chicos en el rincón de la puerta del gimnasio, y solo había besado cuando jugaban a la botella en el patio, y nada más dos veces, porque los profesores lo prohibieron cuando descubrieron lo que hacían. Pero su respuesta a O no fue un experimento. «Esto es lo que estaba esperando —pensó—. Esto.»

La impulsó a hacer lo que deseaba desde que se había puesto a la cola antes de empezar las clases: alargó el brazo, le tocó la cabeza y notó su pelo al seguir la curva de su cráneo perfecto.

Osei no se apartó ni borró su sonrisa. Alargó el brazo a su vez y le puso la mano en la mejilla. Dee volvió la cara para apoyarse contra ella, como un gato cuando lo acarician.

—Tienes una cabeza preciosa —dijo ella.

—Y tú una cara preciosa.

La inundaron la sorpresa y el alivio. Él sentía lo mismo que ella; podían relajarse el uno con el otro. Dee comprendió entonces que las verdaderas parejas no necesitan preguntarse si quieren salir juntas: ya lo estaban haciendo. Preguntarlo era infantil, un juego de niños. Ella y Osei se encontraban ya más allá.

Se quedaron en esa postura, como una escultura moderna de unos enamorados, todo cabezas, sonrisas y brazos extendidos e interconectados, con el mundo exterior al margen. Dee oyó murmurar a Mimi:

—Dee, ¿qué haces?

A lo lejos Blanca empezó a canturrear:

> *O y Dee, sentados en un árbol,*
> *se han besado y se han dado la mano.*
> *Ahora se quieren y se van a casar,*
> *y pronto un bebito seguro que tendrán.*

Sonó un silbato y continuaron tocándose. Los profesores del patio tocaban el silbato cuando alguien hacía algo que no debía: empujar a un compañero, colgar cabeza abajo en las barras, arrojar arena, trepar por la valla. Siempre que sonaba el silbato, todo el mundo se paraba a mirar quién se había metido en dificultades.

O no sabía nada de eso, pero debió de adivinar qué significaba, pues mientras el señor Brabant iba hacia ellos sin dejar de tocar el silbato apartó la mano de la ardiente mejilla de Dee. Aturdida, ella dejó la mano en la cabeza de él unos instantes más.

—¡Basta! Poneos de pie los dos. —Su voz sonó como el chasquido de un látigo. O se puso en pie. Dee notó alzarse una oleada de resistencia en su interior, pero era muy raro seguir sentados en la arena con todo el mundo rodeándolos y mirándola. Aun así, se tomó su tiempo para levantarse y se sacudió la arena de los vaqueros sin enfrentarse a la furia del señor Brabant—. No puedes tocar a otros alumnos de forma inapropiada. ¡A lo mejor no lo sabes porque en tu país las cosas son diferentes —le espetó a O—, pero en este colegio los chicos y las chicas no se tocan así! —Aquel contacto pareció molestarle más que cualquiera de los besos que había sorprendido entre los de sexto a lo largo del curso. Tal vez intuyese que era más significativo, más sentido y más íntimo..., demasiado para el patio de un colegio. Se volvió hacia Dee—. Me sorprendes, Dee. Tú sí deberías saberlo. Entra y reparte los ejercicios de matemáticas.

A Dee nunca la habían expulsado ni castigado ni amonestado de ningún modo en el colegio, no había sido necesario. Así que salió bien librada; a cualquier otro alumno lo habría enviado al despacho del director para recibir una reprimenda y tal vez llamar a sus padres por teléfono. En vez de eso le encargó una tarea que igualmente habría hecho de buena gana. Por lo visto, el señor Brabant se resistía a castigar con dureza a su alumna favorita.

En otra ocasión, su tono y sus palabras le habrían dolido, pues de todos los adultos del colegio, el señor Brabant era a quien más quería complacer. Pero ese día fue diferente; Dee había encontrado a alguien nuevo cuya opinión le importaba aún más. Y alguien a quien el señor Brabant estaba juzgando. A Dee no le gustó su tono de voz. Aun así, no podía desobedecer a su profesor. Decidió que la mejor respuesta era tomarse su tiempo en lugar de correr a obedecerle. Cuando pasó al lado del señor Brabant hacia la puerta, notó que la miraba con fijeza, espantado de su nueva actitud. Dee se sintió poderosa.

Esperaron que el señor Brabant castigara al nuevo como merecía. Ian le habría dicho lo que tenía que hacer: un buen y anticuado palmetazo con la regla en la mano negra que había osado tocar la mejilla de Dee. Desde el momento en que los había visto abrazados, lo había recorrido una rabia que le costaba controlar. No obstante, el señor Brabant parecía perdido… y viejo, con las bolsas de debajo de los ojos más pronunciadas. Su alumna favorita se había rebelado y no sabía qué hacer.

Ian tosió para romper el hechizo. Alguien tenía que hacerlo. El señor Brabant movió la cabeza y luego hizo un claro esfuerzo por dominarse. Miró a O, sacó la mandíbula y dijo:

—Cuidadito con lo que haces, chico.

O le devolvió la mirada al profesor y no dijo nada. La pausa entre ambos pareció durar una eternidad, interrumpida solo por la señorita Lode, que apareció sin aliento.

—¿Va todo bien? —preguntó con la voz tensa por los nervios.

—Más vale que sí —gritó el señor Brabant—. Irá bien cuando cierto chico entienda las normas del colegio, ¿de acuerdo, Osei?

—Sí, señor.

—Osei, aquí no llamamos «señor» y «señora» a los profesores —replicó la señorita Lode, en tono muy amable comparado con el de su colega. Deberías llamarle señor Brabant y a mí señorita Lode.

—Sí, señorita Lode.

—Puedo ocuparme de él, Diane.

—Por supuesto, no quería... —La salvó el timbre.

—Muy bien..., todo el mundo a la fila. —El señor Brabant alzó la voz para dirigirse a los alumnos que lo rodeaban.

O se movió despacio —más o menos como había hecho Dee— para dejar claro que en realidad no obedecía una orden, sino que daba la casualidad de que tenía que ir en la misma dirección.

—¿Me he perdido algo? —preguntó la señorita Lode en voz baja.

—Comportamiento inapropiado —musitó el señor Brabant—. Estaba tocando a Dee. Típico.

La señorita Lode pareció confundida.

—Dios. ¿Ha... ha conocido a muchos... negros?

—Un montón.

—Oh, lo siento..., no quería preguntar por esa... época.

—Ver su mano en la mejilla de Dee me ha dado náuseas.

La señorita Lode reparó en que Ian estaba escuchando y le dio un codazo al señor Brabant.

—Está bien, Ian, ve a la fila —ordenó.

—Sí, señor Brabant..., en cuanto recoja la pelota.

El señor Brabant soltó un gruñido y fue hacia donde estaban formándose las filas, con la señorita Lode pisándole los talones.

En el patio, Mimi había ido con O. Ian los observó mientras andaban y hablaban. En determinado momento O se inclinó hacia la novia de Ian como para oírla mejor; luego asintió con la cabeza, dijo algo, y Mimi se rio.

Ian frunció el ceño.

—El muy cabrón, ¿cómo se atreve a tocarla? A mí también me ha dado náuseas. —Rod estaba al lado de Ian con la pelota en la mano.

Ian miró a su novia.

—No lo he visto. ¿La ha tocado?

—A Mimi no. A Dee. Estaba tocándola debajo de los árboles. Y ella también lo tocaba a él. —Rod se estaba poniendo furioso, tenía las mejillas rojas.

—Toca a todas las chicas —murmuró Ian—. Dentro de nada se las tirará a todas. Es lo que hacen los chicos como él. A no ser que se lo impidamos.

—Sí. —Rod hizo botar la pelota una o dos veces, como si fuese una pelota de baloncesto—. ¿Cómo vamos a hacerlo?

—Tenemos que conseguir que se vuelva contra él. —Ian se quedó pensando un momento—. No, es demasiado evidente... Dee no se lo tragará, es demasiado lista. Tal vez... que él se vuelva contra ella. Sí, eso sería mejor. Y más divertido.

—¿Qué? No irás a hacerle daño a Dee, ¿verdad? Eso no es justo. Solo quiero tener una oportunidad con ella.

—No voy a hacerle daño, solo... voy a hacer que rompan.

—Bien. Pero, Ian...

—¿Qué?

—¿Por qué no me escogiste a mí para tu equipo?

Ian suspiró para sus adentros. Tenía que quitarse de encima a Rod. Había pensado hacerlo cuando pasaran al instituto, los cambios de colegio siempre causaban un reajuste de las amistades. Pero no estaba seguro de poder esperar tanto tiempo. Rod empezaba a exigir cada vez más; era demasiado esfuerzo para lo poco que le servía.

—Tenía que darle una oportunidad al nuevo —respondió Ian—. Ahora me arrepiento, sobre todo desde que se paró el partido por su culpa.

—Podrías habernos escogido a los dos.

—Sí, pero el equipo no habría estado equilibrado. Tú eres un buen jugador, claro. Cualquiera puede darse cuenta al verte chutar..., e hiciste la única carrera para tu equipo, ¿no? —Rod estaba radiante—. Si el chico negro era bueno, nuestro equipo habría sido demasiado bueno, y no habría resultado divertido. Quise equilibrarlo. —Rod frunció el ceño, confundido por la ambigüedad del halago, pero contento al mismo tiempo—. Ve a la fila —le ordenó Ian—. Iré dentro de un minuto.

Rod asintió, hizo botar otra vez la pelota, la sostuvo delante de él y la pateó hacia la fila de los demás alumnos. Luego salió corriendo detrás, tan feliz y despreocupado como un perro. «Ojalá fuese tan fácil», pensó Ian. No se movió y se quedó debajo de los árboles, observando a los demás alumnos ir con sus profesores. Necesitaba espacio para pensar.

Desde el momento en que el chico negro había llegado al patio esa mañana, Ian notó que algo se movía. Era lo que debía sentirse cuando se producía un terremoto, cuando el suelo se reestructuraba y se volvía poco fiable. Los alumnos habían tenido casi todo el año —de hecho, los seis años pasados en primaria— para establecer sus grupos, con las jerarquías de líderes y seguidores. Todo funcionaba a la perfección, hasta que llegó un chico para desestabilizarlo todo. Una patada a la pelota, un roce en la mejilla de una chica y el orden había cambiado. Observó a O en la fila, y vio que la reestructuración también afectaba a ese nuevo líder; notó los cambios que se producían cuando otros alumnos se volvían sutilmente hacia él, como si fuese una luz, como plantas inclinándose hacia el sol. Mientras Ian observaba, Casper se plantó detrás de O y empezó a hablar con él. Hizo gestos hacia la valla, sin duda hablando de su patada y los dos asintieron con la cabeza. Como si tal cosa, el chico negro se había ganado el respeto del chico más popular del colegio, salía con la chica más popular y se había reído con la novia de Ian..., y ni siquiera era la hora de comer.

Nadie habría tildado jamás de «popular» a Ian. Nadie charlaba ni se reía con él desde hacía mucho tiempo. No estaba muy seguro de cómo había ocurrido, pero se había convertido en el chico a quien temían aunque no respetaban. No lo había planeado así, pero cuando pasó a cuarto y al patio de los mayores, su hermano se fue al instituto e Ian heredó un puesto de poder que pocos cuestionaban. Tenía sus ventajas: se quedaba con el dinero del almuerzo de los niños, tenía un sitio al lado de la puerta del gimnasio lejos de los profesores siempre que quería, capitaneaba los equipos de kickball y softball, y tenía a Rod como ayudante y defensor, aunque Ian podría haberse pasado sin un bufón como mano derecha.

Sonó el silbato e Ian alzó la vista, sabiendo que era por él. Las filas estaban entrando y la señorita Lode lo llamaba por gestos para que fuese. Incluso los profesores temían un poco a Ian; no le castigaría por retrasarse, aunque era probable que después se quejase de él en la sala de profesores. Una vez que se había quedado al lado de la puerta había oído a un profesor que le decía a otro:

—Ian es el último de los Murphy, ¿no? ¿No hay ninguna hermana pequeña? No creo que pudiera tener otro, después de él y sus hermanos. Ya he cumplido con esa familia.

—Ya le cortarán las alas en el instituto —había replicado el otro—. Será un gallo en corral ajeno.

Los dos se habían reído. Por esa risa, Ian les había rayado el coche a ambos con una llave.

Por lo que él sabía, sus hermanos seguían siendo gallos en corral propio. El mayor fumaba y decía que había llegado hasta el final con su novia.

Antes de dirigirse hacia las puertas del colegio al final de la fila, Ian hizo un esfuerzo por relajar la mandíbula y abrir los puños.

Al pasar por delante del aula del señor Brabant, miró de reojo. O estaba sentado en su pupitre mirando una hoja de papel. De pie detrás de él, Dee le estaba pasando una hoja a Casper, que le sonreía con su privilegio natural. Un desconocido que los hubiese visto juntos podría haber pensado que eran novios. Y el chico negro no se había dado cuenta.

Ian sonrió mientras se apresuraba a ir con sus compañeros de clase. Ya sabía qué iba a hacer.

Al pasar junto al grifo que había al lado del aula de la señorita Lode, vio a una niña de cuarto inclinada para beber. Habría sido muy fácil empujarla contra el grifo y que se cortara el labio; Ian lo había hecho muchas veces con otros alumnos. No obstante, el plan que había ideado hizo que se sintiera magnánimo y pasó de largo sin tocarla. Aun así, ella se encogió acobardada.

TERCERA PARTE

La hora de comer

*Un buen día
cuando iba hacia la feria
vi una señorita
un poco seria.*

*¡Arriba, señorita,
arriba si puedes,
arriba y muévete
una y cien veces!*

*Se agacha hasta el suelo,
se vuelve a levantar,
da vueltas y más vueltas
hasta que no puede más.*

Cuando sonó el timbre a la hora de comer, la tensión que había acechado toda la mañana había triunfado. En clase de ortografía a Mimi empezó a latirle la cabeza y los destellos que se originaban en el rabillo del ojo se extendieron por su campo de visión. Cuando terminó la clase sobre las letras mudas, apenas podía ver la pizarra para copiar las palabras que tenían que aprenderse de deberes, y que la señorita Lode había buscado en Shakespeare para relacionarlas con otras asignaturas:

aborrecer   simio

roer   sutil

caos   espada

honrado   lengua

bellaco   desventurado

—Qué raro que la señorita Lode haya escogido estas palabras —murmuró a su lado Jennifer—. ¡No son tan difíciles! Y eso que algunas no las usamos nunca. ¿Qué es eso de «bellaco»?

—Un chico malo —respondió Mimi. Dee y ella habían visto *Romeo y Julieta* en la televisión unas semanas antes y habían oído la palabra. A Mimi le gustó Romeo.

—¿Quién ha dicho que es Shakespeare?

—¡Ya lo sabes! El que escribió *El sueño de una noche de verano*. —Los de sexto iban a montar una versión de la obra a finales de año. Mimi hacía de hada. Movió la cabeza, aunque sabía que eso no le aclararía la vista—. ¿Te importa leerme las palabras?

Jennifer se mostró compasiva.

—¿Otra vez te duele la cabeza?

—Sí.

Mimi no les había hablado a muchas amigas de los dolores de cabeza que había empezado a tener en los últimos seis meses porque no quería que le dieran la lata, pero era difícil ocultárselos a Jennifer, que se sentaba a su lado y parecía sintonizada con su dolor. Jennifer le cubría la espalda, sobre todo cuando tenía que salir corriendo de clase. «La regla», le susurraba a la señorita Lode, que asentía nerviosa con la cabeza. La menstruación era un asunto muy solemne en sexto, aunque muchas chicas aún no la tenían. Las que podían aprovechaban la incomodidad que sentían los profesores. Pero la mentira de Jennifer estaba más cerca de la verdad de lo que suponía, pues los dolores de cabeza de Mimi habían empezado más o menos cuando tuvo la menstruación. Su madre le dijo que era porque se estaba haciendo mayor, pero a Mimi eso no la tranquilizó.

Ese día no tuvo que salir de clase y calculó que podría aguantar hasta la hora de comer. Copió la lista al dictado e hizo caso omiso de la presión en la cabeza y de los rombos de luz que bailaban delante de sus ojos, hasta que por fin sonó el timbre. Tampoco entonces se apresuró, sino que salió con los demás. Iba camino del baño de las chicas en el sótano cuando una mano le cogió del brazo. Ian. Enseguida se sintió peor. Mucho peor.

—Espera un minuto —dijo—. Cualquiera diría que me estás dando esquinazo. No es así, ¿verdad? —Su gesto era inescrutable; sonreía como si bromeara, pero Mimi sabía que no era así. Detrás de la sonrisa había una capa dura como la roca.

—No —respondió—. Es solo que me duele la cabeza. —A pesar de que intentó devolverle la sonrisa, las náuseas aumentaron—. Tengo que ir a...

—Necesito que hagas algo por mí.

—¿Qué?

—¿Le ha dado Casper algo a Dee? ¿Una nota, una joya o alguna otra cosa?

—No..., no lo sé. Puede ser. Pero no es típico de ellos. —Mimi solo podía pensar en ir al baño

—Averígualo, y sea lo que sea, consíguemelo.

—De acuerdo. De verdad que necesito ir... —Mimi se apartó de Ian y corrió escaleras abajo hasta el baño de chicas.

Entró en uno de los urinarios, se puso de rodillas y vomitó en el váter. Luego tiró de la cadena, se sentó sobre los talones, se apoyó en la mampara y cerró los ojos. Por suerte, no había nadie que le preguntase si se encontraba bien o que fuese a buscar a un profesor.

Era curioso que al vomitar no solo se le despejase el estómago: los rombos de luz habían desaparecido y ya no le dolía la cabeza. El baño estaba en silencio, únicamente se oía la cisterna llenándose poco a poco. Olía a desinfectante, y a las ásperas toallas de papel de estraza que solo se encuentran en los baños de los colegios. Las paredes estaban pintadas de color gris como un barco de guerra y en combinación con las luces fluorescentes hacían que todo el mundo pareciese feo y enfermizo, también Blanca y Dee. A pesar de la luz y del olor, a las chicas les gustaba estar allí; era uno de los pocos sitios donde apenas iban los maestros como no fuese haciendo la ronda, pues tenían su propio baño al lado de la sala de profesores.

Lo que de verdad quería hacer Mimi era tumbarse, apretar la mejilla contra las frías baldosas del suelo y no pensar en nada, solo dejar que el día fluyera como un río por encima de ella.

Pero era imposible. El suelo olía demasiado a lejía, y además alguien acabaría entrando y las amigas de Mimi la estaban esperando en el comedor y se darían cuenta si no iba. Se enjuagó la boca y se echó agua en las mejillas, luego se miró en el espejo. Tenía un aspecto espantoso. Sacó una barra de labios que le había robado a su hermana mayor, se puso un poco en las mejillas y lo extendió. Estaba prohibido llevar maquillaje en el colegio, pero confió en que nadie se diera cuenta. Se miró una última vez, intentó sonreír y dijo en voz alta: «Dale lo que quiere..., luego te dejará marchar». Esa sería su estrategia.

A Mimi le sorprendió ver a Dee y a Osei juntos en la puerta del comedor, con las cabezas inclinadas y la frente en contacto. Dee era una de las pocas niñas que volvía a casa a comer porque vivía muy cerca. Su madre la estaría esperando. A lo largo de los años Mimi había ido a jugar a su casa varias veces después de clase, y había reparado en la boca fina de la madre de Dee que nunca sonreía, en las miradas al reloj, en que no les sacaba merienda, en que había hígado para cenar y en cómo aumentaba la tensión cuando llegaba el padre y encontraba la visita inesperada. Eso hacía que apreciara más a sus propios padres. Poco a poco, Dee y ella acabaron yendo a casa de Mimi, donde su madre les sacaba bandejas de galletas Oreo y les dejaba ver la televisión.

Ahora Dee miró el reloj del vestíbulo, metió algo en un estuche —el rosa que le había descrito antes a Mimi— y se lo guardó en la mochila. Le dijo algo a O, miró a su alrededor, y lo besó brevemente antes de marcharse. Mimi debería haberse sorprendido por el beso, sobre todo porque se habrían metido en un lío si los hubiese visto un profesor; pero después de haberse tocado de forma tan flagrante en el patio le pareció decepcionante. Mimi aún podía ver sus brazos negros y blancos alargándose el uno hacia el otro. Era lo más sexy que había visto jamás, incluso más intenso que Romeo y Julieta coqueteando en la escena del balcón.

Cuando Dee echó a correr, se le cayó el estuche rosa de la mochila abierta, que no había cerrado por las prisas. Mimi la llamó, pero su amiga se había ido. O ya se dirigía hacia el comedor, así que fue ella a recogerlo. Al pasar los dedos por las fresas en relieve, pensó que el estuche era bonito, como había dicho Dee, aunque no del todo de su gusto. Se lo devolvería después de comer. Lo metió en su mochila y fue al comedor.

Blanca la llamó con un gesto desde una mesa y señaló al sitio que le estaba guardando, lo cual no era fácil en el comedor abarrotado.

—¿Dónde te habías metido? —gritó—. ¡Todo el mundo quiere sentarse aquí!

—Enseguida voy —respondió Mimi—. ¿Quieres alguna cosa?

—¡Más patatas fritas!

A Blanca le encantaba la comida, igual que cualquier otra experiencia de los sentidos, y Mimi a menudo le daba sus patatas, las cerezas de la macedonia de frutas o los cartones de leche con chocolate. Ahora, aunque vacío, su estómago solo quería un Kool-Aid. No obstante, se obligó a coger una bandeja, donde las señoras del comedor le servirían un filete Salisbury con patatas fritas y un tembloroso pedazo de pastel de limón con merengue. Blanca y las demás se comerían lo que Mimi no quisiera.

Mientras esperaba en la cola vio a O, un alumno por delante. Las señoras del comedor también eran negras, y Mimi pensó que le dedicarían una sonrisa, para darle a entender que era uno de los suyos. En vez de eso, cuando la señora que servía los filetes lo vio se quedó inmóvil, con el cucharón en alto y la salsa de tomate goteando de la carne con ternillas sobre la bandeja de O. La mujer que había al lado se rio.

—Vamos, Jeanette, ¡dale al chico su filete! —dijo mientras le servía a O doble ración de patatas.

Cuando O se marchó, Mimi oyó que la mujer les decía a las demás:

—Pobre chico.

—¿Cómo que pobre chico? —preguntó la de las patatas—. Este es un buen colegio. Tiene suerte de estar aquí.

—No me digas que no sabes por qué lo digo. ¿Querrías que tu hijo saliera al patio y todos fuesen distintos a él?

—Si con eso consiguiese una buena educación, claro que sí. Además, es nuevo. Los nuevos siempre lo pasan mal al principio. Ya se acostumbrará.

—¿Eres tonta o qué? No es él quien tiene que acostumbrarse. ¡Son los blancos quienes tendrán que acostumbrarse a él! ¿Y crees que lo harán? Se las harán pasar canutas ahí fuera, y apuesto lo que quieras a que en clase también. Los profesores son iguales que los niños. Peores, porque ellos deberían saber lo que hacen.

Mimi se quedó inmóvil con la bandeja, escuchando. Aunque las mujeres del comedor le habían servido la comida desde hacía muchos años, rara vez les había oído decir algo que no fuese «¿una cucharada o dos?» al servirle el puré de patatas. Desde luego nunca habían dicho nada de uno de los alumnos; y menos algo así.

La mujer que servía las patatas reparó de pronto en Mimi y le dio un codazo a las otras dos.

—¿Quieres patatas, cariño? Hay de sobra. —Le sirvió tres raciones antes de que Mimi pudiera responder—. Denise, dale un buen trozo de pastel. El más grande. No tiene buena cara. —Mimi no pudo impedir que le llenasen la bandeja de comida—. Listo —dijo la mujer de las patatas—. ¿Está bien así? ¿Tienes todo lo que necesitas? —Le sostuvo la mirada a Mimi un poco más de lo necesario.

Mimi asintió con la cabeza y se marchó, confundida.

Delante de ella, Osei estaba inmóvil con su bandeja, mirando hacia las mesas llenas. Mimi dudó de si habría oído lo que habían dicho. Sintió lástima por él, allí plantado y sin saber dónde sentarse. Al menos nadie le estaba mirando y el comedor no se quedó en silencio como había pasado en el patio antes de empezar el colegio. Los alumnos siempre organizaban más ruido cuando había comida de por medio.

Por un momento, consideró pedirle que se sentara con ella, Blanca y las demás; podrían hacerle sitio si se apretaban un poco. Sospechó que era lo que habría hecho Dee de haber estado allí. Pero Mimi no; ella era más pragmática. Había una regla no escrita que decía que los chicos y las chicas no se sentaban juntos en el comedor; habría causado tanto revuelo como su color de piel.

En una mesa vio a Ian haciendo ademán de levantarse, pero, más cerca, Casper lo llamó con un gesto e hizo que el chico que tenía al lado se apretara y le cediera su sitio al nuevo. O se sentó y de pronto encajó con los demás chicos como una ficha de ajedrez en el tablero. Ian no llegó a ponerse en pie y miró en todas las direcciones para ver si alguien había visto que se le habían adelantado, como cuando alguien dice algo pero los demás no le oyen y siguen con la conversación dejándolo colgado. Los chicos que estaban con Ian debían de tener un sexto sentido y estaban todos ocupados comiendo, bromeando o mirando hacia otra parte. Solo Mimi cruzó la mirada con él. La miró furioso, y ella se apartó para ir a su asiento.

—¡Oh, qué suerte has tenido! —la arrulló Blanca, metiéndose una patata en la boca—. ¡Mira cuántas te han puesto! ¿Te vas a comer el pastel?

Mimi negó con la cabeza, empujó la bandeja hacia el centro de la mesa y se quedó solo con el vaso de Kool-Aid. Blanca y las demás se abalanzaron sobre la comida, incluso sobre el filete correoso. Se puso enferma al verlas, pero le dio miedo alzar la mirada y volver a ver a Ian, así que miró la mochila que tenía debajo de la mesa. Dentro estaba el estuche de fresas de Dee. No estaba cerrado y por el hueco asomaba un papel. Mimi sabía que debería dejarlo donde estaba; no tenía por qué leerlo. Pero no pudo evitarlo: ver a Dee y a O con la cabeza rozándose por encima del estuche hizo que deseara saber un poco de lo que quiera que hubiese entre los dos, aunque eso supusiera husmear en las cosas de su amiga. Mimi alzó la mirada: las chicas estaban discutiendo cómo dividir el pastel de limón con merengue. Sacó el trozo de papel.

Había un nombre, una dirección y un número de teléfono:

Osei Kokote
4501 Nicosia Boulevard, Apt. 511
652-3970

Pensó un momento. Estaban en un barrio residencial; casi todo el mundo vivía en casas. Mimi solo conocía a una chica que viviera en un piso y no en una casa, y era una niña que vivía sola con su madre porque el padre las había abandonado cuando era pequeña. Su piso estaba en uno de los barrios más pobres de la ciudad. Pero Nicosia Boulevard era una calle principal, con oficinas, tiendas elegantes y edificios nuevos de pisos con entradas de mármol y aparcacoches como en los hoteles. Había oído contar que algunos incluso tenían ascensores que daban directamente a los pisos. Si vivían allí, significaba que la familia de O no era pobre como la de la niña que vivía sola con su madre; estaba claro que eran ricos.

Imaginó que Dee le había pedido que le escribiese sus señas para verse al salir de clase. No irían a casa de Dee: su madre la mataría por salir con un chico, y no digamos negro. La familia de O no debía de tener tantos prejuicios. Mimi tendría que prepararle una coartada..., la primera de muchas, sospechó. Suspiró.

—Vamos a saltar a la comba —anunció Blanca, poniéndose en pie y desperezándose de modo que se le levantó la camiseta y dejó ver el vientre, una exhibición que no era accidental—. ¿Te apuntas?

—Sí. —Mimi volvió a meter el papel en el estuche y dudó si cerrar o no la cremallera. ¿Notaría Dee el cambio? Mejor dejarlo como estaba.

—¿Qué haces? —Por una vez, Blanca se interesaba por otra persona.

—Nada..., acabo de mancharme de zumo. —Mimi frotó vigorosamente la mochila, a la vez que guardaba el estuche.

—¡Vamos! —Blanca corrió a la mesa donde Casper estaba con los demás chicos, le puso las manos en los hombros y apoyó la barbilla en su cabeza de modo que los largos rizos le cayeron sobre la cara—. Casss-perrr —canturreó, alargando las sílabas—, ¿vienes?

—Ejem. —Casper apartó el pelo, avergonzado—. ¿Adónde quieres que vaya, Blanca?

—¿No te acuerdas? ¡Prometiste venir a verme saltar a la comba!

—¿De verdad?

—¡Casper! —Blanca se incorporó y le dio un cachete en el brazo—. ¡Me lo dijiste esta mañana! Así me verás bailar.

—Empezó a cantar, chasqueando los dedos para llevar el ritmo y fingió saltar a una comba invisible:

Un buen día
cuando iba hacia la feria
vi una señorita
un poco seria.

—¡Dios! —murmuró Mimi. Miró a Osei con el rabillo del ojo; estaba haciendo un esfuerzo por no echarse a reír—. ¡Para ya, Blanca!

Pero Blanca no paró. Le dio la espalda a Casper, hizo un mohín por encima del hombro y empezó a mover las caderas adelante y atrás mientras saltaba:

¡Arriba, señorita,
arriba si puedes,
arriba y muévete
una y cien veces.

—¡Vale, vale! —gritó Casper. Se puso en pie para que los demás no tuviesen que pasar aún más vergüenza y dejó que Blanca se lo llevara. No obstante, estaba sonriendo. Fuera lo que fuese lo que le atraía de Blanca: su energía, su atención, su floreciente sexualidad, estaba colado por ella.

Mientras seguía a la pareja con la mirada, Mimi notó la presencia de Ian en la mesa de al lado, sus ojos parecían taladrar su cabeza para leerle los pensamientos. La sensación hizo que se apresurase a salir al patio.

Uno de los momentos más difíciles del primer día de un alumno nuevo es el de encontrar un sitio en el comedor. Es un lugar ajetreado y caótico, y no hay asientos asignados, así que todo el mundo va con sus amigos. Pero el nuevo todavía no tiene amigos y no hay ningún sitio claro donde sentarse. Osei ya había pasado por eso, y sabía que había dos formas de hacerlo. Podías entrar el primero, tomar asiento y esperar a que alguien se sentara contigo. De ese modo no cometías el error de sentarte con enemigos potenciales, o de parecer demasiado desesperado por integrarte en un grupo. Te escogían ellos y lo preferían. Por otro lado, corrías el riesgo de que nadie se sentara contigo y acabar solo con un círculo de sitios vacíos a tu alrededor como la tierra de nadie de un vertedero radiactivo.

O bien podías demorarte, quedarte al final de la cola de forma que la gente estuviese sentada y tú eligieses dónde colocarte. Si estaba muy lleno por lo general solo quedaban libres un par de asientos, y no podían levantarse y dejarte tirado. Pero muchas veces los únicos sitios vacíos estaban al lado de los niños impopulares: los débiles, los estúpidos, los malolientes, o los que caían mal por alguna razón misteriosa que nadie entendía. No era una gran idea empezar tu vida en el colegio sentándote con ellos, porque acababas contagiándote.

Osei había probado las dos posibilidades, y por lo general optaba por la segunda. Prefería tener cierto control sobre lo que ocurría, o al menos poder predecirlo. Si iba a acabar desterrado con los parias, al menos podía elegir su destino.

De todos modos ese día no tuvo mucha elección porque Dee lo entretuvo para pedirle su dirección y el número de teléfono para poder llamarlo y quedar para hacer algo, y tal vez ir a su casa después del colegio algún día. O reparó en que no lo había invitado a la suya. No le preguntó por qué no podía ir él a su casa porque lo sabía: a los padres no les gustaba. Sus experiencias de ir a jugar a casa de otros niños nunca habían sido exitosas. Siempre la sorpresa al ver su color de piel, el silencio y luego la excesiva educación por parte de los padres. A O nunca le habían pedido que se quedara a cenar.

Dee y él se habían quedado atrás hablando, hasta que ella vio la hora y gritó:

—¡Mi madre me matará por llegar tan tarde!

Su propia madre le habría regañado por llegar tarde, pero poco más; reservaba los gritos y las lágrimas para cosas más importantes. Sin embargo, la madre de Dee parecía marcarla de cerca. Cogió la mochila e hizo ademán de salir corriendo, pero luego miró a su alrededor y le besó antes de marcharse. Aunque breve, el gesto le hizo sonreír. No podía creer su suerte de que una chica como Dee quisiera besarle.

En cuanto se fue, el mundo se aplanó y oscureció. Dee había hecho soportable la mañana de Osei. Más aún: le había dado color. Ahora, sin ella, las cosas volvieron a ser en blanco y negro.

Osei había tenido amigas antes. No en Estados Unidos, sino en Ghana; cuando iba allí los veranos había niñas en el pueblo de su padre con las que había jugado desde niño. Con ellas era fácil: no se sentía extraño, ni tenía que explicar o callarse cosas. Compartían una familiaridad, parecida a la que tenía con su hermana Sisi, que hacía fácil estar juntos.

Incluso había ido más allá con las chicas, en el colegio de Nueva York. Hubo un momento ese año en el que todos empezaron a experimentar en el patio, cuando los chicos y las chicas se juntaban a la hora de comer y se separaban al acabar el día. Nunca hicieron nada extraordinario. A veces se cogían de la mano, o se besaban de forma rápida y pegajosa. Un chico le tocó el pecho a una chica, aunque no es que hubiese gran cosa, y se llevó un tortazo y una expulsión. El caso se comentó varias semanas.

A O le sorprendía que las chicas se fijasen en él, puesto que los demás apenas se limitaban a tolerarlo. Pero un día cuando parecía que todo el mundo se estaba emparejando —como si una gripe se hubiera abatido sobre el patio y hubiese infectado a los alumnos— una chica llamada Toni se le acercó y le dijo:

—¿Te gusto? —Nunca le había dirigido la palabra.

—No estás mal —respondió, intentando sonar desenfadado y norteamericano. Ella pareció tan decepcionada y

avergonzada, una combinación que O comprendió que podía ser potencialmente peligrosa, que se obligó a mirarla más
de cerca. Llevaba pantalones acampanados de cuadros escoceses y un jersey verde de cuello alto lo bastante ceñido para
que se notara el perfil de su busto incipiente—. Me gusta tu
jersey —añadió, y ella sonrió y pareció tan expectante que O se
dio cuenta de que tenía que decir algo más. Y supo qué tenía
que decir porque se lo había oído a los demás muchas veces
esas semanas—: ¿Quieres salir conmigo? —preguntó.

Toni miró a su alrededor, como para buscar el apoyo de
sus amigas. Estaban a un lado, riendo y susurrando, y O estuvo a punto de decir: «Da igual, por favor olvida que te lo
he pedido». Pero luego ella respondió que sí. Así que empezaron a salir, lo que significó quedarse allí de pie mientras los
demás les señalaban con el dedo y se reían.

—¿Tienes hermanos o hermanas? —intentó preguntarle
por fin para ser educado. Pero eso hizo que Toni se ricra
también, y Osei se hartó y se marchó.

—¡Rompo contigo! —le gritó ella—. ¡Te he dejado!

O estuvo tentado de hacerle un corte de mangas, pero se
contuvo al pensar en lo que diría su madre si le veía haciéndole ese gesto tan grosero a una chica.

Con la siguiente —Pam— llegó un poco más lejos. Descubrió que tenía dos hermanas y que su color favorito era el
amarillo. Anduvieron alrededor del patio y hasta se cogieron
de la mano. Sin embargo, cuando fue a besarla, ella lo apartó.

—Hueles —le dijo—. Lo sabía.

—Bueno —respondió Osei—. De todos modos, tampoco quería salir contigo.

Le pareció importante decirlo él primero, ser él quien la dejara y no al revés.

Pam corrió con sus amigas al otro extremo del patio, donde se alzaron gritos de indignación de las demás chicas como si fuesen una bandada de gaviotas enfadadas. Los demás meses que Osei pasó en ese colegio se apartaron de él como si fuese tóxico, lo miraban airadas siempre que tenían ocasión y hacían como si hablaran de él y se reían. Cuando se ponía a la cola, ellas se apartaban. Las chicas eran más crueles que los chicos y recordaban más tiempo las ofensas en lugar de expulsarlas de su cuerpo como hacían ellos. La forma en que lo trataban se le hizo más difícil de soportar de lo que había supuesto, y aunque solo fuese por eso fue un alivio mudarse a Washington, cambiar de colegio y librarse de ellas.

Toni y Pam fueron como ensayos para una obra de teatro en la que aparecería después con otras personas: una lectura de los versos sin el menor sentimiento, excepto por la ocasional sacudida de placer derivada del contacto físico, o incluso de imaginarlo.

Con Dee era totalmente diferente: una seductora mezcla de atracción física, curiosidad y aceptación que no había sentido nunca con nadie. Le había hecho muchas preguntas, y había escuchado sus respuestas, con los ojos de color sirope de arce fijos en los suyos, moviendo la cabeza e inclinándose hacia él. Dee nunca se reiría de él con sus amigas, ni le diría que olía, ni le miraría raro. Se las arreglaba para equilibrar su curiosidad por las cosas que hacían que O fuese distinto de ella con una aceptación que era halagadora y hacía que le entrasen ganas de abrazarla, notar el calor de su cuerpo y olvidar el resto del colegio, el resto del mundo.

Ahora, sin ella, se quedó plantado con una bandeja llena de comida fría que tendría que obligarse a comer, servida por unas mujeres que sospechaba que estaban hablando de él a su espalda, y contempló las mesas ruidosas llenas de estudiantes gritando y riéndose, soplando por las pajitas para hacer burbujas en los cartones de leche, lanzando patatas fritas por el aire e intentando cogerlas con la boca. El ambiente era ruidoso y acalorado y olía a sudor; solo quedaban sitios libres en la mesa reservada a los matados. Eran tres. Uno era el que había jugado tan mal en el equipo de Osei durante el partido de kickball, y daba la impresión de ser quien olía a sudor, otro era bizco y el tercero parecía estar siempre triste. Miraron asustados a O. Tal vez temiesen que un niño negro se sentase a su lado, pero tuvo la sensación de que no era solo eso. No, lo que les daba miedo era que se sentase con ellos un niño con éxito. Un niño que había chutado la pelota más lejos de lo que ellos podrían hacerlo jamás. Un chico que salía con Dee y a quien le estaban ofreciendo dos sitios justo en ese momento. O vio el alivio en sus ojos cuando Casper lo llamó con un gesto y le indicó al que tenía al lado que se apartara. Al mismo tiempo, Ian empezó a ponerse en pie. O tendría que escoger entre uno de los dos.

En realidad, no había elección. ¿Acaso la ha habido alguna vez entre la luz y la oscuridad? Uno va a la sonrisa y no hacia el ceño fruncido. O fingió no ver a Ian, movió la cabeza en dirección a Casper y fue a sentarse a su lado. Al hacerlo supo que había tomado una decisión peligrosa que podía volverse contra él. Ian era de esos a los que no les gusta que los rechacen o no les hagan caso.

—¿Qué tal? —dijo Casper.

—¿Qué tal? —repitió O, consciente de que para encajar tenía que imitar.

En Nueva York la gente decía «Hola»; aquí decían «¿Qué tal?». Se inclinó hacia la comida, cogió un tenedor y movió el filete en la salsa, pensando en el bocadillo que le había hecho su madre y en la lata de Coca-Cola que había dejado en el pupitre. Se contentó con una patata. Al menos se parecían a lo que se suponía que eran, aunque Osei pensó en las patatas asadas de su madre y suspiró.

—Está todo malísimo —dijo Casper riéndose—. El único día en que la comida vale la pena es el viernes cuando hay pizza.

Había un Casper en todos los colegios, lo bastante popular para permitirse ser amable con la gente. Lo más probable era que lo fuese también con los tres desgraciados de la otra mesa, porque podía permitírselo. Casper tenía derecho. Al padre de Osei le gustaba decir que siempre era mejor trabar amistad con alguien cuya familia ha sido rica durante generaciones que con un pobre que se ha enriquecido y que será desagradable con los que han quedado en el lugar del que procede. Este último sería Ian.

—Siento mucho lo del coche de tus padres —dijo para no tener que hablar más de eso.

Casper pareció confundido.

—¿Qué le pasa?

—Antes le di un pelotazo.

—¡Ah! —Casper hizo un gesto con la mano—. No pasa nada.

—Pero a lo mejor se ha abollado el techo.

—No. Los Oldsmobile son indestructibles.

Casper y los demás niños se pusieron a hablar y Osei pudo comer en paz. Luego, en un momento de silencio, Casper le hizo una pregunta para incluirlo en el grupo.

—Cuando vivías en Nueva York, ¿eras de los Jets o de los Giants?

Osei no tuvo que pensárselo mucho.

—De los Giants —respondió en el acto—. ¡Jamás sería de un equipo con un *quarterback* que usa medias!

La mesa estalló. El *quarterback* de los Jets, Joe Namath, había salido con medias en un anuncio, y todos los niños de la mesa tenían algo que decir al respecto.

—¡Maricón!

—Vi el anuncio nada menos que con mi madre en el salón. ¡Pasé una vergüenza!

—Debieron de pagarle un montón de dinero para hacer eso.

—¡Se afeitó las piernas para el anuncio! Se ve que las piernas son suaves, y no es por las medias. ¡Se afeitó!

—Yo no haría eso ni por todo el dinero del mundo.

—¡Maricón!

—No, no lo es…, al final una chica le da un beso.

—¡Aun así, es un maricón!

En mitad de todo aquello, Casper sonrió a O.

—Además, Namath lanzó demasiadas interceptaciones —dijo—. Prefiero mil veces a Sonny Jurgensen. Hasta viejo y en un mal día lanza mejor que Namath.

Osei asintió, aunque no estaba muy seguro de quién era Sonny Jurgensen. Debía de ser un *quarterback* de los Washington Redskins. O debería averiguar algo más de ellos si quería llevarse bien con esos chicos. Él prefería el baloncesto, pero en esta ciudad no había equipo.

La llegada de un grupo de chicas le salvó de tener que confesar su ignorancia sobre el equipo local de fútbol americano. La más ruidosa insistió en que Casper fuese a verla saltar a la comba, y se puso a bailar con desvergüenza de una forma divertida y embarazosa al mismo tiempo. Entre las chicas estaba Mimi, la amiga de Dee, con quien Osei había hablado en el recreo y que parecía amable. Tenía las mejillas ruborizadas, como si se las hubiese untado con algo, y le brillaba el aparato de los dientes. Su melena pelirroja habría llamado mucho la atención en el pueblo de su abuelo. La piel blanca ya era una sorpresa, pero combinada con el pelo rojo..., en fin, era diabólica.

—Vamos, Blanca —dijo en voz baja, tirando del brazo de la chica ruidosa—. Se nos pasará el turno a la comba. —Miró a O e hizo una mueca y él le sonrió.

—Échale la culpa a Casper —replicó Blanca—. ¡Él es quien está tardando tanto!

Casper suspiró con exagerada exasperación y se encogió de hombros en dirección a Osei mientras Blanca tiraba de él.

No había invitado a Osei a acompañarlo, probablemente pensando que le hacía un favor; ¿qué chico querría ver a un grupo de niñas saltando a la comba? En cualquier caso, el momento pasó y el ambiente cambió. Con Casper de guardián, Osei había estado a salvo y había empezado a relajarse, tal vez demasiado. Los chicos que quedaron eran lo bastante buenos deportistas y populares para pasar el rato con Casper, pero sin él no se sentían seguros. A Osei le dio la impresión de que todos los que estaban sentados con él a la mesa se apartaban un poco, en sentido literal y figurado, de modo que una vez más volvió a ser el extraño. Las bromas sobre Joe Namath no habían bastado para salvarle. Ahora tenía que volver a ponerse en guardia.

Duncan, el chico que se sentaba al otro lado de la clase, estaba observándolo de nuevo. Cuando Osei lo miró, apartó la mirada.

—¿Puedo preguntarte algo? —dijo.

—Depende de qué se trate.

—¿Cómo se lava un pelo así?

Era una de las preguntas que O conocía muy bien. A los blancos les gustaba mucho preguntar sobre el cuidado del cabello. También si los negros se bronceaban o quemaban. Si se les daban mejor los deportes y por qué. Y si bailaban mejor. ¿Tenían más ritmo? ¿Por qué los negros no tenían arrugas? Antes de que su madre le obligara a cortarse el pelo, cuando tenía un peinado a lo afro bastante decente, a veces las chicas que estaban detrás de él en la cola alargaban el brazo, le tocaban el pelo asombradas y luego se limpiaban los dedos en la falda. No podía volverse y hacerles lo mismo o se habrían puesto a chillar y se habría metido en un lío. Le habría gustado tocarles el pelo; el pelo largo y sedoso de una chica blanca era una novedad tan curiosa para él como su peinado a lo afro lo era para ellas. Le había tocado un momento el pelo a Pam antes de romper con ella, pero cuando pasó la mano por la cabeza de Dee durante el recreo fue la primera vez que tocaba de verdad el pelo de una niña blanca. Incluso entonces, llevaba trenzas, así que no lo había tocado de verdad. Cuando volviera de comer le pediría que se deshiciera las trenzas para tocarlo suelto y enredar los dedos en él.

—¡Eh! ¿Has oído lo que te he preguntado?

—¿Qué? —Distraído al pensar en el pelo de Dee, O había olvidado contestar a la pregunta de Duncan—. ¡Oh!, con un champú que tiene aceite de coco.

Duncan arrugó la nariz como si hubiese olido algo desagradable.

—Aceite. ¿Y no se queda grasiento?

—No.

Duncan no parecía muy convencido. Osei se puso en pie, prefería estar en el patio que atrapado en el asiento intentando explicarle a un chico blanco cómo cuidar el pelo africano.

Por un segundo pensó en contárselo a Sisi y en reírse de que le hiciesen las mismas preguntas tanto si estabas en Londres, en Roma o en Washington. Pero entonces recordó que no podría hablar con ella porque no estaba en casa.

Cuando destinaron a su padre a Washington, ella se llevó un disgusto enorme y pidió a sus padres que la dejaran quedarse en casa de una amiga en Nueva York hasta que acabara el curso escolar. Sisi era cada vez más lista a la hora de conseguir lo que quería: no pidió enseguida que la dejaran quedarse en Nueva York dos años más para terminar el instituto. Aunque Osei sabía que era eso lo que pretendía, pues la había oído hablar de sus planes con sus amigos por el teléfono supletorio, conteniendo el aliento para que no lo descubriera. «Lo negro es bello», decía siempre para despedirse.

Sisi era tan persuasiva que sus padres dejaron que se quedase en Nueva York con la familia de una amiga hasta que acabase el curso, y los Kokote se fueron a Washington. Osei pensó en contarles a sus padres lo que sabía de sus actividades, pero decidió hablar antes con ella. Una noche, justo antes de que la familia se mudase, se sentó en un extremo de la cama y observó a Sisi delante de la mesita de su vestidor, mientras se recogía el pelo con un turbante de seda y se ponía crema de cacao en la cara y los brazos. Había ido a su cuarto con la intención de rogarle que fuese a Washington. Iba a decirle: «Puedes hacer amigos que tengan nombres africanos, lleven ropa africana y hablen de la liberación de los negros». Lo que pensaba en realidad era: «No me dejes solo con nuestros padres. ¿Y si necesito hablar con alguien? ¿No soy tan importante como el panafricanismo y el Black Power?». Estaba a punto de hablar —incluso había abierto la boca— cuando Sisi lo miró divertida por el espejo y le dijo:

—¿Qué quieres, hermanito? ¿Has venido a pedirme prestado un juguete? Puedes quedártelos todos —dijo con un gesto hacia un estante lleno de muñecas olvidadas y juegos de mesa.

—Olvídalo —murmuró él, y se fue haciendo caso omiso a sus llamadas.

—Espera, Osei. ¿Qué querías?

Cuando llamó a su puerta, O le gritó:

—¡Lárgate! —Y subió el volumen de la radio.

Era más fácil enfadarse por su condescendencia que decirle lo que pensaba en realidad. Ahora se decía que ojalá le hubiera abierto la puerta, o al menos les hubiera dicho algo a sus padres sobre sus actividades.

En Washington la echó muchísimo de menos, incluso con su nueva actitud radical, sobre todo ahora que no era más que un punto al final de una línea telefónica. La noche anterior a su primer día de colegio habían hablado un momento por teléfono, pero Sisi no había dicho nada relevante y había vuelto a llamarle «hermanito».

—Algún día seré más alto que tú —le interrumpió él. Ella no le hizo caso, y preguntó varias tonterías sobre el nuevo piso. Osei se percató de que no preguntó acerca de su dormitorio. Se dio cuenta de que no podría contarle lo que le pasaba en el nuevo colegio: lo que le decían y hacían los demás chicos, las situaciones cotidianas que constantemente le recordaban que era diferente de los demás y que contribuían a aumentar su creciente sentimiento de alienación.

Osei había terminado la llamada, soltándole:

—Lo negro es bello, o eso dices tú —subrayando sus palabras de manera distinta a como lo decía ella. Colgó el teléfono al oír el grito de Sisi.

¿Era bello lo negro? Ni siquiera quería tener que pensar en esas cuestiones. Solo quería jugar a la pelota, hacer bromas sobre Joe Namath, tocarle el pelo a Dee y notar el olor a champú Herbal Essence.

Cuando Osei salió del comedor, Ian se puso a su lado, lo cual fue una especie de alivio, pues siempre era más difícil salir solo al patio que acompañado —aunque fuese de un chico como Ian—. O podía perdonar el comentario anterior de Ian de que los negros eran mejores atletas; había oído cosas mucho peores. Aunque no estaba tan seguro de que Ian le hubiera perdonado a él que se hubiese sentado con Casper.

Por lo visto sí. Lo único que le dijo fue: «¿Qué tal?».

—¿Qué tal? —respondió O, cansado.

Deambularon juntos por el patio, seguidos de un chico llamado Rod, hasta que Ian le dijo que se fuese. Había unos niños de cuarto jugando al kickball. Unos de quinto estaban echando un pulso en el barco pirata. Las niñas jugaban a la rayuela y saltaban a la comba. Blanca estaba apoyada en Casper, que lo soportaba con elegancia. O reparó en que allí adonde iba en compañía de Ian los demás alumnos bajaban la mirada al verlos llegar. Era como si no quisieran establecer contacto visual con un perro de comportamiento impredecible, que tanto podía ser amistoso como morderte. Al pasar, algunos miraron a O con un gesto raro. Pasear con Ian era como entrar en una pandilla en la que no estaba muy seguro de querer entrar o ni siquiera de que lo quisieran como miembro. No sabía cómo librarse de Ian sin ofenderlo.

Se detuvieron al lado del barco pirata para ver quién ganaba el pulso. Uno de los chicos era evidentemente más fuerte que el otro, pero su oponente tenía el brazo en un ángulo peculiar y utilizaba la palanca con mucha eficacia, de manera que estaban empatados, con los brazos temblorosos por el esfuerzo.

Ian miró a su alrededor e hizo una pausa, con la atención fija mucho más allá.

—¡Uf! —dijo—. No me gusta.

—¿Qué has dicho?

—Nada. —Ian se encogió de hombros—. Bueno..., no sé. No, no es nada.

Ian no parecía de los que dudan.

—¿Qué es lo que no te gusta? —insistió Osei.

Ian volvió los ojos inexpresivos hacia él.

—Me ha parecido ver algo, y ya está. A lo mejor me he confundido.

—¿Qué has visto?

Ian le sostuvo la mirada un segundo más de lo que le resultó agradable.

—Muy bien, hermano. Mira a las que saltan a la comba.

«Tú no eres mi hermano», pensó O. Detestaba que los blancos usasen esa palabra, en un intento de disfrutar de la espontaneidad de la cultura negra sin tener que pagar el precio de la piel negra. Aun así, miró hacia el patio. Había dos grupos de niñas jugando a la comba y dos saltando —una era Blanca— mientras las demás las miraban. No vio nada fuera de lo normal; era una escena que había presenciado muchas veces en patios diferentes. A las niñas les encantaba saltar a la comba. Osei no le veía la gracia. Le gustaba hacer actividades en las que te mueves y consigues cosas y no quedarse quieto todo el rato en el mismo sitio.

—¿Qué tengo que ver?

—Ahí, ha vuelto a pasar. Casper.

Casper era el único chico entre las niñas. Justo en ese momento estaba cogiendo algo que le ofrecía una mano abierta. La mano de Dee. La novia de O había vuelto y no se había dado cuenta. Y no había ido directamente con él. Y estaba dándole algo a otro chico. Mientras Osei observaba, Casper se metió aquello en la boca.

—¿Qué era eso?

Ian entornó los ojos. Al cabo de un momento se volvió hacia O.

—Fresas.

Una oleada de resentimiento recorrió a Osei, que hizo lo que pudo por dominarse. Al ver la sonrisilla que apareció por un instante en el rostro de Ian supo que no había conseguido disimular.

Era impresionante que una sola palabra pudiera alterar tan fácilmente al chico negro. La desdichada aparición de Dee en el momento indicado con un puñado de fresas le había permitido a Ian aprovecharlo mejor que si lo hubiese planeado.

O fue hacia donde estaban saltando a la comba, pero Ian alargó el brazo para detenerlo..., aunque con cuidado de no tocar esa piel negra.

—Espera a ver qué hacen. Ya le ha dado dos fresas —añadió. Mientras los observaban, Casper arrancó las hojas, se metió la fruta en la boca y sonrió a Dee, que le devolvió la sonrisa, claramente complacida.

—Esa fresa debe de estar riquísima —observó Ian—. Vete a saber si se las dará todas.

O frunció el ceño un instante y luego lo alisó como la sábana de una cama.

—Me encantan las fresas —dijo con una despreocupación que no engañó a Ian. Lo único que tenía que hacer era insistir un poco más, como quien aprieta un moratón que parece no doler al principio.

—Esas fresas probablemente sean del jardín de la madre de Dee —dijo—. Las cultiva ella misma. Son mucho más dulces que las de la frutería.

—¿Las has probado?

—¿Yo? No. Solo lo he oído decir. —Ian decidió no aclararle que Dee llevaba unas cuantas a la clase todos los años.

Se quedaron en silencio, viendo charlar a Dee y a Casper mientras las niñas saltaban a la comba a su lado.

—Típico de Casper probarlas antes que nadie.

Una vez más, O se apresuró a responder.

—¿Qué quieres decir?

—Bueno..., consigue todo lo que quiere, ¿no? Las chicas están locas por él..., todas.

—Pero... es un chico majo. Ha sido amable conmigo.

—Claro que ha sido amable contigo. Es la mejor manera de conseguir lo que quiere.

—¿Y qué quiere?

Ian se tomó su tiempo, contempló el patio y toda la actividad que conocía tan bien y que pronto tendría que dejar para ir a otros patios más difíciles y con niños más mayores.

—No quiero decir nada porque no es asunto mío.

O se volvió para mirar a Ian y apartó los ojos de Dee y Casper.

—¿Qué no es asunto tuyo?

Ian se encogió de hombros y disfrutó de la ocasión. No había por qué precipitarse.

—Si tienes algo que decir, dímelo ya, por favor.

Los ojos oscuros de O se habían vuelto feroces, aunque el resto de su rostro seguía impasible. Ian pensó en cómo sería pelear con él.

—Mira, es genial que salgas con Dee —dijo al fin—. Impresionante, teniendo en cuenta que eres n... que eres nuevo. Te mueves deprisa. ¡Todo en una mañana! Puede que funcione.

—Pero..., sé que hay un pero.

Ian movió la cabeza con un gesto que no era ni un sí ni un no.

—Es probable que Dee sea la chica con la que quieren salir todos los niños de sexto.

—¿Y Blanca no?

Ian resopló.

—Demasiado evidente. Demasiado... vulgar. Me sorprende que Casper la soporte.

—¿Y Mimi?

Ian se quedó de piedra.

—¿Qué pasa con ella? —Procuró parecer despreocupado.

—Es interesante... Me ha contado que a veces tiene visiones.

—¿Qué?

O echó la cabeza atrás ante aquel exabrupto, e Ian intentó contenerse.

—¿Es tu novia? Lo siento, no lo sabía.

Ian se preguntó por qué O se creía obligado a disculparse.

—¿Qué te ha contado?

—Nada. No fue nada.

—¿Qué te ha contado Mimi? —repitió Ian como si tal cosa, aunque el tono de amenaza no dejaba lugar a dudas.

Ahora fue el turno de O de encogerse de hombros.

—No gran cosa. Solo me ha dicho que a veces tiene dolores de cabeza y ve luces. Un aura, lo llamó. Dice que le da la impresión de que algo está a punto de pasar.

—Ah, ¿sí?

¿Qué hacía Mimi contándole a ese chico negro cosas que no le había dicho a él? Solo habían hablado un minuto en el recreo..., estaba claro que lo había aprovechado. Debía de estar deseándolo. Ian no estaba interesado en sus dolores de cabeza y sus premoniciones, pero no le gustaba que otros tuvieran acceso a información privilegiada sobre ella.

—Bueno, me estabas hablando de Dee... y de Casper.

—Sí —se obligó a responder Ian pese a la ira creciente que amenazaba con echar a perder la trampa que estaba tendiendo con tanto cuidado—. Casper es el chico más popular del colegio. Y Dee es..., digámoslo así, si estuviesen en el instituto serían los reyes de la fiesta de antiguos alumnos. ¿Sabes qué es eso?

O asintió con la cabeza.

—Salen juntos.

—¡Pero ella está conmigo!

—Sí, claro..., pero a ti no te está dando fresas, ¿verdad? O negó con la cabeza, como un oso con la pata herida.

—Dee no cambiará eso por mí. Acabamos de empezar.

—Claro, claro —dijo Ian, como si se echara atrás—. Tienes razón. Olvida que te lo he dicho. Además, seguro que Dee vuelve a traer más fresas. Ya las probarás. —Hizo una pausa—. Aun así, es raro que no haya venido a verte nada más volver al colegio. ¿Seguro que estáis juntos?

—¿Insinúas que me ha dejado? ¿Ya? ¿Entre la hora de comer y ahora? —O estaba empezando a alzar la voz.

—No digo eso —lo tranquilizó Ian—. Solo digo que no la pierdas de vista. Y ten cuidado con Casper. Es evidente que se porta de forma muy amable, pero eso no significa que lo sea.

Ian podría haber dicho más, pero no había tiempo; Dee había visto a O y se apresuró a atravesar el patio para ir a su lado.

—Me las he arreglado para volver pronto —dijo, poniéndole una mano en el hombro al llegar—. Le he dicho a mi madre que había ensayo para la obra de fin de curso ¡y se lo ha creído! —Dee habló con el tono incrédulo de quién no está acostumbrado a mentir y se sorprende de que haya funcionado—. Oye, a lo mejor tú también puedes salir en la obra.

—¿Qué vais a representar? —preguntó O.

—Shakespeare, *El sueño de una noche de verano*. Llevamos un tiempo ensayando, pero hay muchos papeles. Podrías ser un hada, o uno de los campesinos que montan la obra.

—¿Qué papel interpretas tú?

—Hermia..., uno de los principales papeles femeninos.

—¿No se enamora de un chico tras otro? —le interrumpió Ian—. Es muy enamoradiza. Suerte para los chicos.

—Solo por tu culpa. Es solo magia —dijo Dee, mientras el rostro de O se volvía más sombrío—. Es una comedia, y al final todo acaba bien.

—¿Qué papel haces tú? —le preguntó O a Ian.

—Puck —respondió Dee—. El duende principal que hace que ocurran todas las diabluras. ¡Mira lo que tengo! —Alzó una bolsa de papel—. ¡Fresas! Las primeras de la temporada. Te he traído unas pocas.

—¿Solo para mí?

—No sabía si las habrías probado alguna vez. ¿Tenéis fresas en Ghana?

—Las he probado... en Nueva York, en Europa. En Ghana, no.

—Bueno, prueba una. Ni te imaginas lo dulces que son. —Dee metió la mano en la bolsa y sacó una fresa reluciente, de color rojo vivo con una forma de corazón perfecta.

—No tengo hambre.

Dee se rio.

—Las fresas se comen por el sabor. Da igual si no se tiene hambre.

Ian observaba complacido. El simple poder de sus palabras había convertido al chico negro en una estatua fría, la chica blanca seguía pendiente de él, arrastrada por sus emociones, obstinándose en no notar ningún cambio en su novio. Ian esperó a ver cómo el dolor la atravesaba como un cuchillo.

Pero entonces O se relajó.

—Muy bien. —Cogió la fresa, la sujetó por las hojas y le dio un mordisco. Al cabo de un instante, sonrió—. ¡Uf! Qué buena. Buenísima. ¿Las cultiva tu madre?

La sorpresa cruzó por el rostro de Dee, mezclada con la alegría ante la respuesta de O.

—¿Cómo lo sabes?

Ian se adelantó.

—¿Puedo probar una?

—Oh, claro.

Cuando Dee sacó una fresa de la bolsa y se la puso en la mano extendida, Ian observó a O. Volvió a fruncir el ceño y las arrugas se marcaron aún más en cuanto Ian mordió la fresa y dejó que el zumo le cayera por la barbilla. Estaba buena, tuvo que admitir Ian, aunque no le gustaban las fresas, ni nada dulce.

—¿Le han gustado también las fresas a Casper? —preguntó, limpiándose la boca con el dorso de la mano.

Dee frunció el ceño igual que su novio.

—Sí, vamos a los árboles. —Se lo dijo solo a O, lo cogió de la mano para llevarlo hacia el arenero y los cipreses, y dejaron a Ian solo.

Aunque no por mucho tiempo; Rod se acercó desde el barco pirata, donde estaba esperando al lado de los niños que echaban un pulso.

—¿Ha funcionado? —preguntó, siguiendo a la pareja con una mirada anhelante—. ¡Parece que no!

Ian miró a O y a Dee dándose la mano debajo de los árboles, mientras ella le daba otra fresa; y a Casper mirando a Blanca como si fuese su dueño mientras ella saltaba a la comba. Eran como personajes de una obra de teatro que necesitasen una escena más, un hilo que los uniera. Ian tenía ese hilo. Sería un placer acabar con todos ellos, no solo con el negro, sino también con los niños bonitos del colegio. Casper y Dee eran como la sartén de teflón en la que freía los huevos su madre: todo les resbalaba. Nunca había podido tocarlos..., estaban por encima de las maquinaciones de Ian. Los demás los admiraban de un modo que él no sentiría nunca. Si pudiese vencerles sería un regalo de fin de curso. Claro que corría el peligro de caer con ellos, pero el riesgo era tan estimulante como el poder que ejercía.

Miró a Rod, tan ansioso por participar, y tomó una decisión rápida.

—Ve con Casper y dile algo para que te pegue —improvisó—. Pero no digas nada de mí si después te preguntan los profesores. Y lo harán.

Rod se quedó boquiabierto.

—¿Qué? ¿Por qué? ¡No quiero que me pegue! ¿Y qué tiene que ver Casper con esto?

—Es indirecto..., es lo mejor. El negro no sabrá que tú o yo tenemos algo que ver.

—¿Con qué?

—Necesitamos que crea que Dee está saliendo también con Casper. La mejor manera es conseguir que Dee le hable mucho de Casper a O. Para defenderlo. O se volverá loco. Ya sospecha un poco de él. Esto será el empujón definitivo.

Rod movió la cabeza, perplejo.

—No entiendo de qué hablas..., es demasiado complicado. ¿Por qué no le damos una paliza al negro sin más?

—Porque así no conseguiremos nada. No queremos convertirlo en una víctima..., eso solo servirá para que a Dee le guste aún más. —A Ian le costó explicar una estrategia que él mismo no había terminado de planear, pero que intuía que funcionaría. Siempre se le había dado bien calcular esos asuntos—. Mira, ¿quieres tener una oportunidad con Dee o no?

Rod miró a Dee y a O, que estaban sentados en la arena. O le había puesto el brazo en la espalda y se reía, con los dientes muy blancos contrastando con la piel negra. Rod se volvió hacia Ian.

—¿Qué puedo decirle? Casper nunca se enfada.

—Dile algo sobre Blanca. Alguna guarrada. —Las mejillas de Rod se ruborizaron aún más—. Seguro que se te ocurre alguna cosa —añadió Ian—. Vamos. Hazlo. De lo contrario ese chico nuevo te quitará a tu chica. ¿Es eso lo que quieres? ¿Que un negro salga con Dee? Confía en mí..., es lo que pasará si no te peleas con Casper.

Rod tomó aliento, apretó los puños y se fue dando tumbos a donde las chicas saltaban a la comba.

Ian suspiró. Habría sido mejor tener a alguien más fiable para hacer su trabajo por él.

Sabía que no debía mirar a Rod y a Casper..., eso podía delatar quién estaba detrás de la pelea. Además, sería penoso ver cómo Rod lo echaba todo a perder, como haría casi seguro. En ese caso Ian negaría cualquier implicación, y con su palabra contra la de Rod, sabía que ganaría.

Fue hacia los que estaban echando un pulso en el barco. Los chicos lo habían convertido en una especie de torneo, con dos pulsos simultáneos compitiendo para la semifinal. Ian vio ganar a dos chicos que se volvieron para enfrentarse entre sí.

—Se aceptan apuestas —anunció Ian.

Siempre que organizaba apuestas se llevaba el cuarenta por ciento de las golosinas o el dinero con la excusa de que corría el riesgo de que lo expulsaran si los pillaba algún profesor. A veces le sorprendía que nadie discutiera un porcentaje tan alto. Parecían tener miedo de discutir con él. Los luchadores y los espectadores movieron la cabeza al oír a Ian, y los recorrió una oleada de malestar. También de irritación: algunos chicos tuvieron la sensación de que les habían echado a perder la diversión. Ian se fijó en ellos para tenerlo en cuenta en el futuro.

—Vamos, ¿es que no queréis aumentar la diversión? —prosiguió—. Si no, es muy aburrido..., solo un pulso. Será más emocionante si apostáis.

No pudo saber cuánto sacaría de las apuestas, pues los interrumpieron los gritos al otro lado del patio:

—¡Pelea, pelea!

Los chicos abandonaron el barco pirata y corrieron como ratas a unirse al círculo que se había formado alrededor del sitio donde estaban saltando a la comba. Todas las semanas había alguna pelea que era el mayor entretenimiento del patio, sobre todo si uno mismo no estaba implicado. Ian aflojó el paso, pues sabía quiénes eran los contrincantes y lo que vería.

Dee acababa de deshacerse las trenzas para Osei cuando oyeron el familiar griterío: «¡Pelea, pelea!». Se miraron, pero la tentación era demasiado grande. A regañadientes se pusieron en pie y fueron con los demás espectadores.

Dee se quedó atónita al ver a Casper y a Rod enfrentados en el círculo de alumnos. Casper nunca se metía en peleas.

—¿Qué has dicho? —gritó.

—Ya me has oído —replicó Rod, dando saltitos nervioso.

—Retíralo —exigió Casper.

—No. ¡Es cierto!

—Casper, ¡no dejes que lo diga! —exclamó Blanca. Estaba de pie a su lado, Mimi la sujetaba para que no se interpusiera entre los dos.

—Retíralo.

—¡No!

Rod hizo ademán de abalanzarse sobre él e intentó golpearle, y Casper contraatacó con un puñetazo, tanto para pararlo como para devolver el golpe. El puño le dio en plena cara y Rod cayó al suelo en el acto. La multitud se quedó boquiabierta y Blanca empezó a chillar. Rod se quedó tendido de espaldas con la mano en el ojo mientras el vencedor seguía en pie con los puños apretados, con aire confuso, como si no se creyera lo que acababa de hacer.

Dee miró a Osei a su lado. Estaba observando a Casper con una mirada que no supo interpretar: sorpresa, fascinación y algo más. Recelo. Distancia. Juicio. Una oscuridad que había percibido por un instante cuando Osei se negó al principio a probar las fresas.

Blanca estaba ocupada gritando, apoyada en Mimi. Dee supo que debería ir con ella, pero se contuvo, pues no quería verse arrastrada a la tragedia. Blanca hablaría de esto hasta el final de curso y tal vez en el instituto.

Enseguida llegaron dos profesores, la señorita Lode ayudó a Rod a ponerse en pie, le puso papel de estraza mojado en el ojo y se lo llevó a la enfermería; el señor Brabant cogió al culpable del brazo y se lo llevó a la fuerza hacia la entrada, Casper tenía la cabeza gacha.

Cuando se marcharon, el círculo de espectadores se deshizo en corrillos que comentaron lo sucedido. Dee escuchó las conversaciones.

—Rod no ha hecho nada... ¡Casper le ha pegado sin más!

—¡Algo habrá hecho!

—¿Imaginas a Casper haciendo una cosa así? ¡Nunca se mete en peleas! No creo que se haya peleado ni una sola vez en todos los años que lleva aquí.

—¿Por qué habrá arriesgado su reputación haciendo una estupidez así?

—Rod le ha dicho algo. Lo he visto. Se le ha acercado y le ha dicho algo.

—¿Qué?

—Muy malo ha tenido que ser para que haya reaccionado así.

—Muy malo.

—Lo peor.

—Yo le he oído decir algo sobre Blanca.

—No, ha sido sobre su madre.

—¿Qué?

—Quién sabe.

Mimi la miró desesperada y Dee dejó a O para ir a ayudarla con la histérica de Blanca. Cuando el señor Brabant se llevó a Casper, Blanca gritó aún más. Cualquiera habría dicho que la habían golpeado a ella y no a Rod.

Dee perdió la paciencia.

—Por el amor de Dios, Blanca, ¿no puedes dejar de gritar un poco? —Nada más decirlo oyó en su imaginación la voz de su madre diciéndole que no pronunciara el nombre de Dios en vano.

Blanca se sorbió la nariz.

—Para ti es fácil decirlo, doña Perfecta. No es de ti de quien han dicho cosas horribles. Ni ha sido tu novio quien ha tenido que defenderte. ¡No es tu novio al que casi seguro expulsarán!

Mimi hizo un gesto con la cabeza, y las dos se llevaron a Blanca a un rincón más tranquilo, ella les permitió hacerlo ahora que Casper y Rod se habían ido y su público empezaba a dispersarse.

—¿Qué es exactamente lo que ha dicho Rod? —quiso saber Dee.

—¡No puedo repetirlo..., es demasiado espantoso!

—Blanca, no podemos ayudarte si no nos lo cuentas —insistió Dee.

Blanca se apoyó contra la pared de ladrillos de la escuela.

—Ha dicho que... que... —Se interrumpió, con la boca temblorosa, y contuvo un sollozo. Esta vez parecía afectada de verdad.

—Respira hondo y suéltalo —le ordenó Mimi. Dee admiró su firmeza ante tantas emociones. Y funcionó: Blanca tomó aliento, respiró y se calmó—. Repite deprisa lo que ha dicho..., todo de una vez.

—Ha dicho que yo era una furcia y que había dejado a Casper llegar hasta el final. Pero ¡no es verdad! —Blanca se tapó la cara con las manos, avergonzada de haber tenido que repetir semejante acusación.

Dee estuvo a punto de soltar un bufido, pero se contuvo. Los chicos decían cosas así de las chicas todo el tiempo. ¿Por qué iba a ser diferente esta vez?

Como si le leyese el pensamiento, Blanca bajó las manos y añadió:

—Lo ha dicho en voz alta, delante de todas las niñas. ¡Delante de los de cuarto! ¡Es muy humillante! Y, ahora que Casper le ha pegado, todo el mundo habla de eso. ¡Y pensarán que es verdad que soy una furcia!

—Blanca, por quien deberías preocuparte es por Casper —replicó Dee—. A quien pueden expulsar es a él.

No podía imaginar cómo sería que te expulsaran; su propio expediente era intachable, igual que lo había sido el de Casper hasta ese momento. Recordó que a Blanca la habían expulsado en quinto por llevar unos pantalones de talle bajo que dejaban al descubierto no solo el ombligo sino los huesos de las caderas. Solo a los alumnos como Rod los expulsaban cada poco, por tirar piedras o pegarle fuego a las hojas secas en el patio.

Blanca la miró de forma rara.

—¿Qué ha pasado con tus trenzas? —Debía de estar recuperándose, para preguntarle algo así.

—Osei quería verme con el pelo suelto —respondió avergonzada Dee. Las trenzas le habían dejado el pelo ondulado como el de una hippy. Su madre se enfadaría si la viera. Dee tendría que volver a hacerse las trenzas antes de regresar a casa.

—A propósito, Dee, antes se te cayó el... —Mimi se interrumpió al ver llegar a Ian.

—¿Estás bien, Blanca? —preguntó.

Blanca se secó los ojos con el dorso de la mano.

—Estoy disgustada —respondió, afectando una dignidad que obligó a Dee a contener una sonrisa, pues desentonaba mucho con su habitual entusiasmo—. Y estoy preocupada por Casper —añadió—. ¡Podrían expulsarlo!

—Rod es idiota —dijo Ian—. Es una pena lo que ha hecho Casper. Ahora nadie se fiará de él, ni siquiera sus amigos, como tu novio. —Hizo un gesto con la cabeza hacia Dee.

—¿Qué quieres decir?

—Estaba muy impresionado. Casper había sido muy amable con él, y no tenía por qué ser amable con un n... con un nuevo. Y ahora que ha visto la otra cara de Casper, O no sabe que pensar.

—¡Casper no tiene «otra cara»! —se quejó Dee.

—Pues acláraselo a tu novio, porque está hecho un lío.

—Lo haré.

Mimi estaba mirando a Ian con el ceño fruncido. A Dee le había sorprendido enterarse de que estaban saliendo. Eran muy distintos: Mimi era especial, sensible; Ian... en fin, era un abusón, aunque nunca había molestado a Dee, excepto una vez en tercero en que le había untado la falda de pegamento y le había dicho que la perseguiría a su casa, aunque a ella le había dado la impresión de que estaba completando una lista para meterse con todos uno por uno.

Ahora le inquietó que Ian pareciese tener información de primera mano sobre O. Aunque a Dee le parecía bien que su novio se hiciese amigo de Casper, verle hablar con Ian la había intranquilizado. No era que no le gustase Ian, pero tampoco se fiaba de él.

Esto acabó de decidirle a hablarle de Casper a O. Le iría mucho mejor con Casper que con Ian. Le aclararía que lo de que Casper hubiese pegado a O era excepcional, que lo había hecho para defender a Blanca. Estaba segura de que O lo entendería. Él también era honorable.

Dejó a Mimi, a Blanca y a Ian para ir a la fila. Había unos cuantos de su clase detrás de Osei, pero se apartaron sin decir palabra para dejarla pasar. Sonrió a O y le sorprendió que él siguiera con una expresión seria y no le devolviera la sonrisa. «Debe de estar pensando en lo de Casper —se dijo—. Al menos eso sí puedo arreglarlo.»

—No te preocupes —le tranquilizó—. Estoy convencida de que no expulsarán a Casper. Cuando sepan lo que dijo Rod de Blanca... —Se interrumpió, sorprendida por el gesto desagradable que pasó por la cara de O.

—¿Por qué debería preocuparme por Casper?

—Bueno, es amigo nuestro.

—Tuyo tal vez. Mío no.

—¡Pues claro que es tu amigo!

O hizo una mueca.

—Dee, llevo aquí una mañana. No tengo amigos. —Se aplacó un poco al ver el gesto de desánimo de Dee—. Bueno, tú, claro. Pero no conozco a nadie lo bastante para ser su amigo. Soy el nuevo. El nuevo y además negro. Tendré suerte si termino el día sin que nadie me pegue.

—Exageras. Los profesores no dejarían que nadie te pegase.

Osei suspiró.

—Dee, te voy a contar una historia sobre los profesores. Cuando iba al colegio en Nueva York, una profesora me pidió que hablase de Ghana en clase. No unas pocas palabras como esta mañana en clase, sino más largo. Era un trabajo sobre la historia, la cultura, las cosechas que produce y exporta. Todos los datos, ya me entiendes. Así que me puse a recopilar información. Parte ya me la sabía y también fui a la biblioteca y pregunté a mis padres. Luego entregué el trabajo. ¿Y sabes qué nota me puso la profesora después de todo el esfuerzo? ¡Un uno! Y si hubiese podido ponerme un cero lo habría hecho, pero solo se ponen ceros a quienes no han hecho nada.

—¿Por qué te puso un uno?

—Pensó que me había inventado algunas partes.

—¿Y qué habías inventado?

—¡Nada! Parte de mi trabajo trataba de la esclavitud. No sé si sabes que a muchos ghaneses los capturaron traficantes de esclavos y los llevaron a Estados Unidos y a las Indias Occidentales.

—Yo..., sí —respondió Dee, porque le pareció lo más fácil. No sabía que los esclavos procedieran de Ghana, aunque probablemente se lo hubiesen enseñado y ella lo hubiera olvidado—. O sea que... no te habías inventado nada de lo que dijiste.

—No. Pero también conté que los jefes de algunas tribus llegaron a acuerdos con los traficantes blancos y entregaron a algunos de los suyos a cambio de que dejasen a los demás en paz. Y la maestra pensó que mentía y me puso un uno. Hasta dijo que yo era un racista contra mi propio pueblo.

—¿Y es cierto? ¿Los jefes hicieron eso? —Dee intentó ocultar su sorpresa.

—Sí, sí, pero eso es lo de menos.

—¿Qué hiciste? ¿No les pediste a tus padres que fuesen a hablar con ella?

Osei no respondió de momento, una sonrisa lúgubre cruzó su rostro.

—Fue mi padre quien me sugirió que hablase en clase de lo que hacían los jefes de las tribus, para que el trabajo estuviese más equilibrado y no se sintiesen tan mal por lo de la esclavitud. Para ser «diplomático». No le dije nada a mi padre. No quería contarle lo que había pasado con su diplomacia. Así que ya ves, ni siquiera los profesores están de mi lado, solo buscan una excusa para castigarme. No puedo fiarme ni de los alumnos ni de los profesores.

—¡No es cierto! Puedes confiar en mí. Puedes fiarte de Mimi, es mi mejor amiga. —Dee apartó de su mente la advertencia que le había hecho Mimi a propósito de salir con O—. Y también puedes fiarte de Casper —añadió.

—¿Por qué iba a fiarme de él? Lo único que ha hecho ha sido ponerle el ojo morado a alguien sin motivo.

—Tenía buenos motivos para pegarle a Rod..., estaba defendiendo a Blanca. Apuesto a que tú habrías hecho lo mismo si alguien dijese de mí lo que han dicho de ella.

Por fin..., algo que funcionaba. O se puso un poco más erguido, para meterse mejor en su papel de novio noble y protector.

—Yo le habría puesto morados los dos ojos.

Dee le dio la mano, entrelazaron los dedos y se fueron a la fila en dirección a la clase.

—Entonces entenderás por qué tenemos que apoyar a Casper. No ha hecho nada malo.

O pareció encogerse e hizo ademán de apartar la mano, pero Dee se la sujetó, hasta que el señor Brabant frunció el ceño y movió la cabeza. Si no iba con cuidado también podían expulsarla a ella. Soltó la mano de O.

Mientras le seguía por las escaleras hasta la clase, el profesor la detuvo. Dee quiso decirle a Osei que la esperase, pero el señor Brabant les reñiría por ir de la mano. Ella sabía que no le gustaba el nuevo alumno y que aprovecharía cualquier ocasión para demostrarlo.

El señor Brabant la sorprendió.

—¿Qué te ha pasado en el pelo? —quiso saber.

—¡Oh! Me... he deshecho las trenzas.

Dee se ruborizó. El señor Brabant nunca había hecho ningún comentario sobre su pelo; aunque tampoco había tenido motivos. Hasta entonces siempre lo había llevado pulcro y recogido.

—Parece desaliñado.

Dee abrió la boca para disculparse, luego se detuvo, al recordar que antes ya había desafiado al señor Brabant en el patio.

—No va contra las normas llevar el pelo así.

El señor Brabant frunció el ceño.

—No, pero no te queda bien.

Dee se encogió de hombros.

—A mí me gusta.

—¿Sí?

—Sí. —En realidad le hacía cosquillas en el cuello y se le metía en la boca, pero Dee no se lo dijo.

—Es una lástima, porque no te favorece. Créeme. —Dee bajó la cabeza, para no mirar al profesor a los ojos. Se sintió como si estuviera regañándola su padre—. Está bien. Ve a clase.

Dee se marchó a toda prisa, reprimiendo un escalofrío.

Una vez en su pupitre, no pudo evitar echar una mirada al sitio vacío de Casper, con la esperanza de que reapareciera como por arte de magia. Oyó a Blanca lloriqueando al otro lado del aula, aprovechando que había un nuevo escenario donde interpretar su tragedia.

—Ya basta, Blanca —dijo el señor Brabant—. Domínate. Dejemos lo sucedido en el patio fuera de clase. Ahora haremos un ejercicio sobre los presidentes de Estados Unidos. Sacad los lápices. Osei, tú también, aunque no te pondré nota. Así verás lo que no sabes y podrás empezar a aprenderlo. Aunque solo vayas a estar un mes en mi clase, no perderás el tiempo.

Dee frunció el ceño. Quiso reprocharle que diese por sentado que O no se sabía los presidentes de Estados Unidos solo porque fuese africano. Le habría gustado defender a su novio igual que Casper había defendido a Blanca. Pero era imposible después de cómo acababa de hablarle el señor Brabant. Además, Osei no parecía haberse ofendido; se limitó a asentir con la cabeza y a sacar del pupitre el estuche de Snoopy, para sorpresa de ella, que había olvidado que lo habían intercambiado.

Dee metió la mano en la mochila y no encontró el estuche. Rebuscó y apartó los libros, una chaqueta, un paquete de pañuelos, una bolsita de tabas. El estuche de fresas no estaba. Abrió el pupitre, aunque sabía que no estaba allí. Notó que O la miraba.

—¿Me prestas un lápiz? —susurró.

—¿No tienes el estuche de las fresas?

—Sí —respondió Dee, consciente de parecer demasiado precipitada y esforzándose en hablar más despacio—. Me lo llevé a casa a la hora de comer y debo de haberlo olvidado allí. De hecho, ahora lo recuerdo: se lo enseñé a mi madre. Estará en la mesa de la cocina.

Bajo ningún concepto se lo habría enseñado a su madre, que habría dicho que era demasiado frívolo y se lo habría

quitado. Dee había tenido que ocultarle el estuche de Snoopy por esa misma razón.

Al aceptar el lápiz que le dio Osei, comprobó que no podía mirarlo a los ojos. Ya le había contado la primera mentira.

CUARTA PARTE

El recreo vespertino

Osito, osito,
toca el suelo,
osito, osito,
mira al cielo,
osito, osito,
enséñame el zapato,
osito, osito,
haz un garabato.

Osito, osito,
ve a la cama,
osito, osito,
ponte el pijama,
osito, osito,
apaga la lámpara,
osito, osito,
¡hasta mañana!

Mimi llevó a Ian aparte cuando salían al recreo vespertino. Él no esperaba que hiciese algo así. No era de las que toman la iniciativa..., y menos delante de sus compañeros. Al separarlo de los demás hacía que pareciese débil y que hubiese perdido el control. Era la típica cosa que haría él, para demostrar a todos quién estaba al mando. Irritado, se apartó de ella en el vestíbulo.

—¿Qué pasa? —Si no salía pronto al patio, se formarían los equipos de kickball y él no sería el capitán.

—Quería decirte una cosa.

Mimi tenía ese gesto blando que adoptaban las chicas cuando querían hablar de sus sentimientos. Ian se estremeció. Era lo último que necesitaba en ese momento.

La interrumpió.

—¿Has conseguido algo de Dee?

Mimi hizo una pausa y se pasó la lengua por el aparato de los dientes, era evidente que la había descolocado al no dejarle decir lo que tenía pensado. Parecía mustia y triste y tenía manchas en la cara.

—Sí. —Seguía dudando.

—¿Y bien? ¿Qué has conseguido?

Mimi sacó de la mochila un rectángulo de plástico rosa con fresas estampadas en él.

—¿Qué demonios es eso? —preguntó Ian—. Sea lo que sea no puede ser más feo. —Su tono hizo que Mimi se acobardara, que era justo lo que él quería; así volvía a tomar el control.

—Es el estuche de Osei..., del nuevo. Se lo regaló a Dee. A ella se le cayó y yo lo recogí. Sé que querías algo que Casper le hubiese dado a Dee, pero ¿no te bastará con esto?

La atención de Ian se desplazó hacia el estuche como un foco moviéndose hasta posarse sobre un actor en el escenario. Mimi se movió intranquila. Él sonrió. Era justo lo que necesitaba, y ella no lo sabía. Mimi no pensaba estratégicamente como él. No entendía el patio ni cómo funcionaba y lo perturbadora que podía ser la aparición de un chico como O para su orden natural. No se le ocurriría intentar arreglar las cosas como iba a hacer Ian. En realidad, ella debería darle las gracias.

—¿Quién sabe que lo tienes?

—Nadie.

—Bien. —Ian extendió la mano—. Dámelo.

Se hizo una larga pausa y Mimi se quedó allí con el estuche, igual que un animal atrapado, un animal que se hubiese metido él solo en la trampa y ahora se arrepintiera. Ian esperó con paciencia; al final acabaría dándoselo.

Pero primero llegó el regateo, que él no esperaba, ni tampoco lo que ella le pidió.

—No quiero seguir saliendo contigo —dijo—. Solo te lo daré si aceptas romper conmigo y dejarme en paz.

Su rostro estaba triste..., muy diferente de las mejillas sonrosadas y del interés que había demostrado al lado del mástil de la bandera unos días antes.

Ian ocultó su irritación. No quería ni que ella pensara que le dolía que le rechazara, ni saber qué le disgustaba de él. Ya lo sabía: no se parecían en nada. Él era duro y ella era rara.

No era que le gustase demasiado. Pero Ian no quería que los demás supieran que Mimi había roto con él. Luego haría correr la voz entre los chicos de que no le había dejado llegar hasta el final. O tal vez que lo había hecho, y luego había roto con ella. Tendría que pensar cómo aprovechar mejor la situación. Aun así, quería el estuche.

—De acuerdo —dijo.

Mimi no se movió.

—No hablarás mal de mí, ni dirás cosas como lo que dijo Rod de Blanca. —Fue como si le hubiese leído el pensamiento.

—No diré nada. Y tú tampoco —añadió. Luego hizo un gesto con impaciencia—. Bueno, ¿me lo vas a dar o no?

Mimi se mordió el labio. Al sujetar el estuche, notó que le temblaba la mano. No se le daban bien este tipo de negociaciones, no se había quedado nada para mantenerlo a raya después. A Ian no le costaría nada romper el trato en su beneficio.

—Sal —dijo Ian mientras cogía el estuche—. Enseguida voy yo.

Mimi se quedó mirando el estuche, ahora en manos de Ian. Parecía asustada, le brillaban los ojos con esas motas extrañas que hacían que pareciera que daban vueltas.

—¿Qué vas a hacer con él?

Pero Ian se había dado ya la vuelta para ir al guardarropa que había al lado de la clase.

—Nada de lo que tengas que preocuparte —respondió por encima del hombro. Mientras apartaba las perchas en busca de su chaqueta, notó que ella seguía en el pasillo y apretó los dientes—. Idiota —murmuró.

Ahora se sentía muy lejos del deseo que había tenido por ella al lado del mástil. Encontró su chaqueta —sencilla, de color azul marino sin usar esas últimas semanas, pues el tiempo había mejorado—. Antes de meter en el bolsillo su nueva posesión, abrió el estuche para echar un vistazo. No había nada de gran interés: lápices de diversas longitudes y colores, un par de gomas de borrar, un sacapuntas de plástico, una regla, una moneda de diez centavos, un chicle Bazooka, un pedazo de papel, un huevo de plástico lleno de una sustancia viscosa. Se quedó la moneda, desenvolvió el chicle —tiró al suelo sin leerlo el cómic que acompañaba al envoltorio— y se lo metió en la boca. Miró el papel: escritos con una letra un poco exagerada estaban el nombre, la dirección y el número de teléfono de O. Imaginó las gamberradas telefónicas que podría hacer y sonrió: le habían servido las oportunidades en bandeja.

Ian tiró todo lo demás a una caja de cartón llena de basura de la clase: tiza rota, borradores viejos, pedazos de papel. Echó unas fotocopias de los principales productos agrícolas de Estados Unidos (maíz, trigo, algodón, carne de ternera) sobre el contenido del estuche. Nadie lo encontraría hasta pasadas varias semanas, cuando la señorita Lode limpiara el guardarropa al acabar el curso. Para entonces él se habría ido a otro colegio en busca de nuevas víctimas.

Una vez vacío, Ian observó el estuche. Dios, qué feo era. Solo una chica podría tener algo tan chabacano. Lo único interesante eran las fresas que asomaban del plástico y que le recordaron unos pezones. Había visto pezones así en los ejemplares de *Playboy* que robaba desde hacía años. Los pezones de las chicas que había vislumbrado, cuando las espiaba mientras se cambiaban en el gimnasio —o los de la chica de quinto a quien presionó para que se levantara la camiseta— eran pequeños y suaves como el pico de un pájaro. Ian tocó una de las fresas y sonrió al sentir la sensación en su entrepierna. Tal vez por eso tuviera el negro ese estuche, si le causaba el mismo efecto que a él.

No obstante, no debía quedárselo. Sería mucho más útil para animar las cosas en el patio que para excitarle a él en el guardarropa. Ian podía conseguir esa sensación con otras cosas. Pero ¿qué podía hacer con el estuche? Para causar el mayor efecto posible en O tenía que estar en posesión de Casper, como una prueba evidente que confirmaría las sospechas que Ian había sembrado ya. Pero Casper no iría por ahí con una cosa así; ningún chico que se respetara a sí mismo se quedaría con un estuche de plástico rosa cubierto de fresas.

Si no Casper, entonces alguien próximo a él. Sí. Ian sonrió y asintió para sus adentros, ya sabía lo que tenía que hacer. Se puso la chaqueta —fuera haría calor, pero necesitaba un escondite—, metió el estuche en el bolsillo interior y salió.

Los de sexto se habían juntado para jugar el partido de la tarde, cuando los niños y las niñas jugaban juntos. Como los capitanes de siempre —Casper e Ian— no estaban, los habían sustituido otros dos: Rod... y, para sorpresa de Ian, O. ¿Cómo podía un chico nuevo negro haberse abierto paso tan deprisa y con tanta facilidad en la jerarquía del patio? Ian esperaba más de sus compañeros, pero por lo visto eran unos acojonados dispuestos a ceder y a dejarse dominar por el nuevo. Ian tendría que actuar deprisa si no quería que O se hiciese con todo el control.

En cuanto Rod vio a Ian, corrió gritando: «¡Ian! ¡Ian está en mi equipo!». La piel alrededor del ojo derecho se le estaba poniendo de color azul tinta donde Casper le había golpeado, pero por lo demás estaba indemne. Ian sintió asco un momento.

—Me han castigado —le susurró Rod cuando estuvo cerca—. La señora Duke dijo que estaba tentada de expulsarme, pero que el ojo morado ya era bastante castigo. ¡Duele!

—¿Le has dicho algo de mí?

—No, dije que no lo haría y no lo he hecho.

—Bien.

—¡Eh, no es tu turno, Rod! —gritaron dos—. Es el turno de O.

Ian se quedó esperando mientras O pensaba a qué alumno escoger para su equipo. Ya había elegido a unos cuantos, entre ellos Dee y Mimi. A pesar de la antipatía que le inspiraba el chico negro, cuando los ojos de O se posaron en él se emocionó: era una atención de verdad, no como el nervioso desasosiego al que estaba acostumbrado en los demás.

O hizo un gesto.

—Ian.

Ian asintió con la cabeza, y fue con los demás, mientras Rod murmuraba: «¡Maldita sea!».

Mientras O y Rod seguían eligiendo a los miembros de sus equipos, Ian descubrió lo que estaba buscando: a Blanca, sentada sola pensativa en el barco pirata. No quería jugar y prefería lamerse las heridas en público. Perfecto.

Echaron la moneda al aire y perdieron. Ian no esperó a que O le dijese qué posición ocupar, sino que se salió del campo y fue cerca del barco pirata, al lado de la tercera base. Por suerte, Dee estaba lejos, al otro lado, y O estaba de espaldas a Ian, lanzando. Era improbable que viesen el estuche de las fresas. Ian pudo escabullirse a donde estaba Blanca sentada con los brazos sobre una de las barras de la cubierta del barco, con la cabeza apoyada en un brazo. Tenía las sandalias de plataforma en la barra de abajo, y si Ian se hubiese colocado en otro ángulo habría podido mirarle debajo de la falda. No obstante, no se movió a un sitio mejor porque necesitaba concentrarse.

—Blanca —susurró. Como no le respondió, Ian repitió su nombre un poco más alto. Ella lo miró con indiferencia. En todos los años que habían ido juntos al colegio, Ian nunca había podido controlarla ni intimidarla. Blanca era demasiado egocéntrica para temerle; tenía su propia fuerza y creaba sus propias calamidades. Ian no era nada para ella... o no lo había sido. Ahora eso cambiaría—. Tengo algo para ti —continuó, luego hizo una pausa, tomándose su tiempo. Una chica pateó la pelota para empezar el partido, e Ian aplaudió con sus compañeros—. Es de Casper —añadió, por fin.

Blanca levantó la cabeza y apoyó los pies en la cubierta del barco.

—¿Qué? —gritó.

—¡Chis! Es un secreto..., solo para ti. —Ian no quería que atrajese la atención de los demás hasta que él se hubiese ido. Se acercó—. Lo he visto cuando iba al baño desde el despacho de la directora. Me ha pedido que te diera esto. —Ian sacó el estuche del bolsillo de la chaqueta y se lo dio.

Blanca soltó un suspiro.

—¡Ohhh! ¡Es monísimo! —Pasó los dedos por encima de las fresas, igual que había hecho Ian—. ¡Verás cuando se lo enseñe a las otras chicas!

—¡No! Todavía no.

—¿Por qué no?

Un chico pateó la pelota y corrió a la primera base.

Casper quiere que sea un secreto entre vosotros dos..., algo que compartáis solo vosotros. Por ahora. Además, deberías darle las gracias antes de enseñárselo a todo el mundo.

Con un poco de suerte, Casper no volvería en unos días, y a esas alturas el daño a O y a Dee ya estaría hecho, si Ian podía enseñarle al negro quién tenía su estuche. Era peligroso, lo sabía, como bajar una pendiente en bicicleta sin apretar los frenos. Pero saber que podía estrellarse era parte de la diversión.

—Muy bien... —Blanca parecía confundida—. ¿Está bien Casper? ¿Lo han expulsado?

—No lo sé. —Ian pudo responder con sinceridad.

—¿Está preocupado por mí? Debería estarlo. Tengo que quedarme aquí, con todo el mundo sabiendo lo que dijo de mí Rod. —Al ver que Ian no hacía ninguna de las exclamaciones compasivas que ella esperaba, añadió—: ¡Es horrible! Es muy difícil ser una chica. No te haces una idea. —Se apartó los rizos morenos de la cara para subrayar sus palabras.

—Estoy seguro de que lo es —dijo Ian, que pensó que era lo más sencillo.

Le llegó el turno a Rod.

—Elimina a ese capullo —susurró Blanca—. ¡Lo mataría por hacerle daño a Casper!

Como si sus palabras fuesen un imán, Rod pateó la pelota alta en dirección a Ian. En otra ocasión habría fallado a propósito, pero esta vez se adelantó y la atrapó con un agradable golpe contra su pecho. Blanca gritó tan alto como si hubiese estado en su equipo, lo cual llenó a Ian de un orgullo inesperado.

Eliminaron a otro con facilidad y cambiaron de sitio. Cuando el equipo de O se arremolinó en torno a su capitán para saber el orden de los que iban a chutar la pelota, Ian le murmuró:

—Normalmente, dejamos que empiece una chica. Podrías decírselo a Dee. Todos contarán con que la elijas la primera.

O asintió con la cabeza.

—Dee, luego Duncan, luego Ian, luego yo y... —Señaló por orden a los demás.

Como de costumbre Dee pateó cortó y corrió a la primera base, donde estaba Rod. Se apartó de él cuanto pudo, para demostrarle su desprecio por insultar a Blanca y sacar de quicio a Casper. De hecho, casi todas las chicas se apartaban de él, incluso las que había elegido para formar parte de su equipo. Rod bajó la cabeza, claramente disgustado con su nuevo papel de paria del patio. Ian sonrió al ir al lado de O.

Pero ahora tenía que ponerse manos a la obra.

—Has juntado un buen equipo.

—Gracias. —O estaba mirando a Duncan, el siguiente que tenía que patear la pelota.

—Veo que Blanca tiene algo de Casper —observó Ian—. Debe de estar loco por ella, para hacerle un regalo.

—¡Ajá! —O no estaba prestando atención. Ian tendría que ser más explícito.

—Aunque nunca habría dicho que le gustasen las fresas —dijo—. A juzgar por el color de sus labios prefiere los caramelos blandos de cereza.

—Que le gustase ¿qué?

—Las fresas.

—¿Qué fresas? —El tono de voz de O hizo que Ian se sintiera tentado de sonreír de placer al ver que su presa había mordido el anzuelo tan deprisa. No obstante, tuvo la precaución de seguir con el gesto inexpresivo.

—Tiene un estuche nuevo con fresas. Dice que se lo ha regalado Casper. Prefiere quedarse con él en vez de venir a jugar. —Se encogió de hombros—. Chicas.

—¿Dónde?

Ian se lo indicó. Blanca seguía sentada en el barco pirata con el estuche en el regazo, abriendo y cerrando la cremallera. Si uno no se fijaba no reparaba en él, como de hecho le había pasado a Dee, en la primera base. O a Mimi, que esperaba en el banco su turno de patear la pelota. Pero O sabía lo que estaba buscando. Y cuando vio ese destello rosa en el regazo de Blanca, se quedó muy quieto, tanto que no vio patear a Duncan más allá de la segunda base y correr hasta la primera, con Dee en la segunda.

Ian empezó a pensar que no haría falta hacer mucho más: el veneno empezaba a hacer efecto y bastaría con recostarse y ver cómo se extendía. Lo único que tenía que hacer era afectar indiferencia y negar cualquier implicación.

Terminada su labor, se adelantó con una ligereza que no había sentido en todo el día, en toda la semana, en todo el año, para patear la pelota. Contempló el campo y el equipo de jugadores que debía de haber sido suyo y no de Rod, y pensó: «Voy a hacer un *home run* y os demostraré quién manda aquí». Apuntó al rincón más apartado del patio, corrió al encuentro de la pelota que le lanzaban y la envió a su objetivo.

Siempre que alguien conseguía hacer un *home run*, los jugadores de las bases realizaban un ritual de andar, bailar o saltar, riéndose y gritando mientras avanzaban hacia la gloria del plato para restregárselo al otro equipo. Dee saltó, encantada de que el equipo de Osei hubiese hecho ya tres carreras y fuese a obtener una victoria clara. Su primer partido de capitán y este era el resultado. Un comienzo excelente. «Le irá bien en este colegio —pensó—. Y es mi novio.»

Saltó al plato con los pies y empezó a intercambiar palmadas a los de su equipo. Cuando Duncan corrió al plato tras ella, extendió la mano.

—Chócala —dijo.

Dee le dio una palmada en la mano.

—Por el lado negro de la mano. —Entrechocaron el dorso de la mano.

—En el hueco. —Los dos cerraron el puño y entrechocaron la parte de arriba y la de abajo.

—¡Tienes ritmo! —Se estrecharon la mano con los pulgares entrelazados, como habían visto hacer a los negros en televisión.

Dee estaba sonriendo hasta que vio a Osei, que había observado su ritual con el rostro inexpresivo. Dee se ruborizó.

—¡Oh, Osei...! —Se interrumpió avergonzada, no tanto porque, visto a través de sus ojos, aquel pequeño ritual para estrecharse la mano parecía una exhibición ridícula entre dos chicos blancos dándoselas de enrollados como porque había dado media vuelta y se había ido al plato. Se plantó allí, rígido, esperando que le devolvieran la pelota al lanzador.

Dee lo miró fijamente, privada de la alegría que acababa de sentir al marcar. No podía haberse enfadado con ella por esa tontería. ¿Sería ofensivo decir «por el lado negro de la mano» si eras blanca? Al ver cómo le daba la espalda, se sintió tan confundida que quiso echarse a llorar.

—Está disgustado por lo de Casper —oyó decir detrás de ella. Ian había dado la vuelta a las bases y estaba a su lado, los ojos de color gris fangoso le brillaban, tenía las mejillas coloradas. Extendió la mano con la palma hacia arriba.

Ella le chocó la mano, por educación. Ian curvó un poco los dedos y los arrastró por la palma. Fue tan desagradable que Dee se apartó y luego temió haberle ofendido.

—Ha sido una patada muy buena —dijo, y luego le extrañó esa necesidad de aplacarlo.

—Gracias. Seguro que puedes consolarle de lo de Casper.

—Yo... —«¿De verdad será eso?», pensó Dee aunque no lo dijo, pues no quería hablar de Osei con Ian.

—Es difícil tener un novio negro —dijo implacable Ian—. La mayoría de las chicas no lo harían. Necesitas toda la ayuda que puedas conseguir. Si Casper y Osei se hiciesen amigos, sería más fácil. Con alguien como Casper de tu lado, podrías hacer lo que quisieras..., hasta salir con un chimpancé, si quisieras. —Dee abrió la boca y luego se contuvo. Él le estaba sonriendo—. Me gusta cómo te queda el pelo así —añadió.

Dee se apartó confundida. ¿Estaba diciendo que Osei era un chimpancé? No, decidió al ir a sentarse en el banquillo, pero el comentario estaba mal, como la leche cuando se estropea pero todavía no huele. No obstante, no supo cómo responder, pues Ian parecía querer ayudarla de verdad.

La patada de Osei fue poco entusiasta después del *home run* de Ian. No obstante, llegó a la primera base y se quedó allí, sin mirar hacia ella, sino hacia el barco pirata donde estaba Blanca. Dee frunció el ceño. Algo no iba bien y no sabía qué. Ojalá Ian dejase de mirarla.

—¡Casper! —chilló Blanca, saltando del barco pirata y abalanzándose contra la valla metálica, enfrente de casa de Casper. Él había salido al porche delantero. Se alzaron murmullos entre los que estaban jugando al kickball.

—Nunca he visto a Blanca correr tan deprisa. ¡Ni siquiera estoy seguro de haberla visto correr!

—¡O sea que sí que lo han expulsado!

—¿Por cuánto tiempo crees tú?

—¡No puedo creer que lo hayan mandado a casa antes de acabar el día!

—Se perderá el examen de gramática.

—¿Hay un examen?

—¡Serás idiota, Brabant lleva diciéndolo toda la semana!

—Ojalá me hubiesen enviado a casa a mí en vez de a Casper.

—Uf, con un puñetazo ha echado a perder su expediente.

—Su madre estará muy enfadada.

—Seguro que su padre le da una paliza cuando llegue a casa.

—Vete a saber si usará un cinturón como el padre de Ian.

—¿El padre de Ian le pega con un cinturón?

—Eso he oído.

—¡Dios, mira lo que están haciendo!

—¿Qué tiene ella en la mano?

—¿Su polla?

—Muy gracioso. Oh…, se le ha caído.

Mientras hablaban, los alumnos observaron a Blanca y a Casper. Ella lo había llamado por señas para que cruzara la calle y fuese a verla. Se estaban besando a través de la valla metálica.

—Menos mal que hay una valla o acabarían enrollándose —le murmuró Jennifer a Dee en el banco.

—Casper debe de estar aturdido o no dejaría que Blanca lo besara así delante de todos. Le encanta ser el centro de atención.

Dee hizo una mueca, como sabía que Jennifer esperaba que hiciese, pero no pudo seguir mirando. Le habría dolido ver a dos chicos comportándose de forma tan apasionada cuando ella y Osei parecían haber dejado eso atrás demasiado deprisa.

Quiso ir a sentarse con Mimi, que estaba sola en el extremo del banco, recostada y con los ojos cerrados. Su amiga se estaba portando de forma extraña: no mal ni enfadada, sino distante. Cuando Dee le había preguntado qué le pasaba, ella respondió que tenía la sombra de una jaqueca. No pareció del todo sincera.

Dee miró a su alrededor. Aparte de Mimi, los de sexto —Osei, Jennifer, Rod, Duncan, Patty— seguían mirando a Blanca y a Casper. Ian era el único que no lo hacía; él miraba a Osei y sonreía.

«¿Por qué todo parece fuera de lugar? —pensó Dee—. Esta mañana todo estaba bien, pero ahora…»

Al menos las niñas de cuarto que estaban saltando a la comba no se habían dado cuenta. Dee las oyó a su espalda, mientras recitaban una de las canciones que menos le gustaban:

Osito, osito,
toca el suelo,
osito, osito,
mira al cielo,
osito, osito,
enséñame el zapato,
osito, osito,
haz un garabato.

Osito, osito,
ve a la cama,
osito, osito,
ponte el pijama,
osito, osito,
apaga la lámpara,
osito, osito,
¡hasta mañana!

Las palabras eran tan incesantes y repetitivas que Dee tuvo que resistir el impulso de abofetearlas para que se callaran. Movió la cabeza, sorprendida de sí misma. Cualquiera que fuese el veneno que se estaba extendiendo por el patio, también la había infectado a ella.

Osei nunca habría dicho de sí mismo que era una persona irascible. Había conocido a muchos alumnos irascibles en los colegios a los que había ido: se enfadaban con los profesores por ser injustos, con los padres por decir que no, con los amigos por su falta de lealtad. Algunos incluso expresaban su rabia por acontecimientos internacionales como la guerra de Vietnam o Nixon y sus compinches del Watergate. Y, por supuesto, su hermana Sisi estaba enfadada a menudo. El último año se había quejado de los blancos, de los políticos, de los negros norteamericanos que despreciaban a los africanos y de que los africanos dependiesen demasiado de la ayuda de Occidente. Incluso se quejaba de que Martin Luther King Jr. hubiera sido demasiado pasivo. A veces su padre discutía con ella, y le ordenaba no volver a decir algo tan poco respetuoso sobre Martin Luther King. No obstante, su rabia era tan constante que a menudo sus padres se limitaban a intercambiar una mirada, y una vez O se sorprendió al ver a su madre poner los ojos en blanco, un gesto que él creía exclusivo de las niñas. Su madre decía que los enfados de Sisi eran «santurronería» y no lo decía como un cumplido.

En cambio, O tardaba en enfadarse, o eso creía él. Como a su padre le gustaba recordarle, la rabia era la opción más fácil. Era mucho más difícil contenerse y solucionar un problema con palabras y hechos calculados. Eso era lo que aprendía a hacer un diplomático, y lo que su padre pensaba que Osei haría también cuando creciera, eso o estudiar ingeniería. No era raro que nunca sugiriese que Sisi estudiara para diplomática.

Por eso O se sorprendió cuando la rabia empezó a crecer en él como el agua en un río a punto de desbordarse. Al principio apenas había, luego, de pronto, el agua estaba en sitios donde no debía estar: en campos, carreteras, casas, colegios, patios. Estaba allí y no podías librarte de ella ni hacer que cambiara de dirección.

Había empezado cuando Dee le dio las fresas a Casper, había aumentado al defenderlo. Pero el punto culminante, el momento en que el agua rompió las esclusas y se desbordó, fue al ver el estuche de las fresas en manos de Blanca. En parte era por la incongruencia: que una chica blanca desconocida tuviese algo que O relacionaba con su hermana, cuando era más pequeña, más feliz, más comunicativa, más fraternal. Y ahora iba de mano en mano por el patio, arrancada de su historia personal, como si no importase que hubiese pertenecido a Sisi, como si Sisi no tuviese importancia, cuando en realidad era quien más importancia tenía para él. Más que Dee, comprendió. Dee todavía no se había ganado su sitio en su corazón. Ahora no estaba seguro de que fuese a ganárselo alguna vez.

Le había mentido. Dee le había dicho que el estuche estaba en su casa y era evidente que no era cierto. Lo había regalado, o tirado, y había acabado en manos de Blanca. La novia de Casper. Por supuesto, Casper tenía algo que ver. Osei no sabía qué, pero estaba seguro, e Ian se lo había confirmado. La mentira de Dee y la implicación de Casper aumentaban la presión de su cabeza, que parecía a punto de estallar.

Desde la primera base había observado a Blanca sentada en el barco pirata con el estuche de fresas en el regazo; estaba pasando los dedos por encima de las fresas como cualquier otra niña. Luego había corrido al encuentro de Casper y Osei tuvo que presenciar su exhibición pública, apretados contra la valla, con el estuche en la mano mientras se besaban hasta que lo soltó al suelo. Eso llevó la rabia hasta la superficie. Solo necesitaba alguien en quien descargarla.

Ese alguien fue Dee. Cuando sonó el timbre que indicaba el final del recreo, Blanca y Casper siguieron besándose, el estuche quedó tirado en el suelo y Dee corrió a su lado.

—Osei, ¿qué...? —Pero no tuvo ocasión de terminar. Él no quería tener que verla, tenerla delante, hablándole, contándole más mentiras, tratándole como si fuese su novio y luego como al chico negro de un patio de blancos. La oveja negra con una marca negra en su nombre. La bola negra. La lista negra. Corazón negro. Era un día negro.

La esclusa que contenía su ira se rompió.

—¡Déjame en paz! —gritó, y la empujó con fuerza..., con tanta fuerza que Dee movió los brazos, igual que un personaje de dibujos animados intentando agarrarse al aire, y cayó de espaldas. El ruido de la cabeza al golpear con un crujido contra el asfalto hizo que todos dejasen de mirar el fascinante espectáculo de Blanca y Casper para centrarse en otra tragedia.

—¡Dee! —exclamó Mimi, corriendo a arrodillarse al lado de su amiga. Dee estaba tendida con los ojos cerrados—. Dee, ¿estás bien?

Cuando Mimi le apartó el pelo de la cara, sus párpados se movieron y abrió los ojos.

O se acercó, avergonzado de pronto, mareado e impotente.

Dee miró a su alrededor, confundida, hasta que sus ojos encontraron los de Osei y se encogió.

—Estoy bien.

Mimi alzó la vista.

—¿Qué te pasa? —le espetó a Osei—. ¿Estás loco? ¿Por qué lo has hecho?

Osei se estremeció, asqueado de sí mismo. Pero su rabia no había disminuido; le impidió hablar y moverse y se quedó allí quieto, en silencio con las manos en los costados.

Al oír pasos detrás de él, supo que serían los profesores. Cerró los ojos, solo un momento, aunque sabía que no conseguiría lo que quería, que era salir volando de ese patio y alejarse de esos blancos, sobre todo esos adultos blancos que estaban a punto de echársele encima, de acusarle, de enviarle a ver al director, de expulsarle y de llamar a sus padres. Pensó en la cara de su madre cuando oyese lo que había hecho y sintió náuseas.

—¿Qué ha pasado aquí? —La señorita Lode se arrodilló al otro lado de Dee—. ¿Te has hecho daño, Dee?

—¡O ha empujado a Dee! —gritó indignado Rod entre la multitud de alumnos que se habían agolpado a su alrededor—. ¡La ha tirado al suelo, negro cabrón!

—Cuida tu lenguaje, Rod —le advirtió la señorita Lode.

—¡Pero es verdad!

—Basta. El color de su piel no tiene nada que ver con esto. ¿Dee, puedes levantarte? —Mimi y ella ayudaron a Dee a sentarse. Aún parecía aturdida—. Bueno, ¿dónde te duele?

Dee se puso la mano en la nuca.

—Aquí.

—¿Te sientes mareada?

—Un poco. —No miró a Osei.

En ese momento llegó el señor Brabant.

—Todo el mundo a la fila —ordenó, con una autoridad tan clara que el hechizo se rompió y los alumnos empezaron a marcharse—. Tú no —añadió, al ver que O hacía ademán de ir con los demás hacia la puerta—. ¿Qué has hecho, Osei?

O guardó silencio.

—No ha hecho nada —respondió Dee—. Yo... corrí hacia él, tropecé y me caí, y ya está.

Mimi dio un respingo.

—Dee eso no es...

—No es culpa de Osei. Intentó agarrarme.

El señor Brabant enarcó las cejas.

—¿De verdad?

—De verdad. He sido muy torpe. Ya sabe lo torpe que soy.

—Si hubieses tropezado habrías caído hacia delante, ¿no? No hacia atrás. Has estudiado la inercia en clase.

—He tropezado —insistió Dee, poniéndose en pie—. Estoy bien. De verdad.

Siguió sin mirar a Osei.

El señor Brabant y la señorita Lode se miraron de reojo.

—Muy bien —dijo el señor Brabant—. Ve a la enfermería para que te vean y te pongan una bolsa de hielo en el chichón. Tú ve con ella, Mimi. Cuídala. Y arréglale el pelo. Si no su madre se quejará y esto será el cuento de nunca acabar.

Osei continuó con la mirada en el suelo en vez de seguir con ella a las chicas. No se atrevió a alzar la vista. Que Dee lo hubiera protegido no mejoraba las cosas sino que las empeoraba. Su rabia no había disminuido, sino que se había solidificado como un bulto en las tripas. No era tanto rabia con ella como consigo mismo. Había empujado a una chica. Eso no se hacía. Su madre se quedaría horrorizada, ni siquiera gritaría o lloraría; solo se iría. Ni Sisi con toda su rabia mojigata contra los blancos disculparía lo que había hecho Osei.

Notó los ojos de los dos profesores posados en él mientras aguardaba su juicio con la cabeza gacha.

—Ya he visto a otros como tú. ¿Piensas causar problemas en este colegio, chico? —murmuró el señor Brabant.

—No, señor. —Las palabras le salieron como un reflejo.

—Porque aquí no nos gusta ese comportamiento.

—No, señor.

—Tienes suerte de tener una chica a la que le gustas lo bastante para mentir por ti. Dios sabe por qué.

Osei contempló el asfalto —donde se habían pelado muchas rodillas—. Le habría gustado saber por qué los patios de los colegios no estarían cubiertos de hierba más amable.

—No esperaba mucho de un neg... —miró a la señorita Lode—, de ti. Y hoy no me has sorprendido. Pero si pasa alguna otra cosa y tú estás cerca, la directora te expulsará por mucho que te defienda una chica guapa. ¿Me has oído?

Osei apretó tanto los dientes que pensó que se le partirían, y al cabo de un instante asintió con la cabeza.

—Muy bien. —El señor Brabant alzó la voz—. ¿Qué hacéis ahí parados? ¿Por qué no estáis en la fila? ¡Voy a contar hasta diez y más os vale estar allí o habrá castigos!

Los dos profesores anduvieron sin prisa entre los alumnos que corrían por el patio. Osei fue despacio detrás de ellos; no pudo afrontar la indignidad de correr para ponerse en la fila, aunque lo castigaran.

—Richard... —La señorita Lode dudó.

—¿Qué? —gritó el señor Brabant, como si estuviese hablando con un alumno—. Perdone, Diane. ¿Qué?

—No sé..., tal vez estemos siendo un poco duros con él.

—¿Duros con él? ¡Acaba de tirar a una chica al suelo!

—Sí, pero... tiene que ser difícil para él estar solo en el colegio.

—La vida no es fácil para nadie. En todo caso, para él será demasiado fácil. Crecerá y tendrá un buen empleo, gracias a la discriminación positiva. Un buen empleo que debería desempeñar alguien más cualificado.

—¿Es lo que le pasó a...? Da igual —La señorita Lode suspiró—. Dios, ¿qué pasa hoy? Primero lo de Casper y ahora esto. ¿Es que les han echado algo en la comida?

—Lo sabe —respondió sombrío el señor Brabant—. Este colegio no está preparado para tener un alumno negro.

—Supongo que no.

—Y todavía no ha acabado el día. Ya sabe lo que suele decirse: las desgracias nunca vienen solas.

Del dolor de cabeza de Mimi no quedaba ni rastro, y todo volvía a estar enfocado. Era como si hubiese estado mirando por unos binoculares, girando las ruedas y ahora pudiera ver con claridad lo que antes estaba borroso.

Tal vez fuese porque Ian la había dejado en paz. Desde el lunes por la mañana al lado del mástil de la bandera cuando había aceptado ser su novia, había notado que su atención la oprimía como cuando una pesada colcha te aprieta contra la cama. Incluso cuando no estaba, él se las arreglaba para que notara su presencia, ya fuese por la insistente atención que le dedicaba su amigo Rod, cuidando de ella para Ian, o por el modo en que el patio entero giraba en torno a él: los chicos que le seguían, o temían, o ignoraban corrían en movimientos precisos de los que Ian era el centro. Por un breve instante Mimi había sido atraída a ese centro con él, y era un lugar tan extraño que apenas podía funcionar: como alumna, como novia o como amiga. Comprar la libertad con el estuche de fresas había valido la pena por la sensación que había tenido durante el partido de kickball de que ahora era insignificante. La atención de Ian se había desplazado hacia otros y Mimi podía volver a respirar, podía cerrar los ojos y encontrar su propio sitio lejos de las miradas ajenas.

Pero se sentía culpable: sabía por instinto que nada bueno podía venir de que Ian estuviese ahora en posesión de ese estuche y de la dirección y el número de teléfono de Osei. Lamentó no haber cogido el papel antes de dárselo. Sobre todo se sentía culpable por traicionar a Dee y regalar algo que ella apreciaba. Había sido desleal.

Suspiró. «Al menos ahora puedo ayudar a Dee…, algo es algo», pensó mientras la sujetaba del brazo y subía las escaleras para ir a ver a la enfermera.

El despacho de la señorita Montano, en el segundo piso, era un cuchitril con un baño adosado y la radio siempre sintonizada con la WPGC, la emisora local de los Top 40. Todos habían ido a ver alguna vez a la señorita Montano con cortes, dolores de barriga y fiebre. Mimi era una habitual por sus dolores de cabeza. La puerta estaba abierta de par en par y por encima de la música de «Band on The Run» en la radio, Mimi oyó sollozos y la admonición de la enfermera a «dejar de portarse como un bebé».

Dee y ella se sentaron a esperar en unas sillas que había en el pasillo. Enfrente habían pegado unos carteles en la pared. Un recordatorio de que había que lavarse las manos después de ir al baño. Cómo tratar los piojos. Los síntomas de la varicela, las paperas y el sarampión. Carteles sobre las pruebas de la tuberculina, el control de la vista, las vacunas de la viruela o la polio. Estar enfrente de toda esa información para adultos la agotó. Se les daba bien convertir el mundo en un lugar temible. Por un segundo deseó que su madre estuviese con ellas, para descargar parte de su preocupación.

Se oyeron más llantos en el despacho. Una rodilla pelada, predijo Mimi, que la señorita Montano debía de estar limpiando con yodo. Probablemente un niño pequeño, de segundo o de tercero. Había estado allí tantas veces que ya lo había oído antes.

Dee estaba recostada con los ojos cerrados. Mimi quiso preguntarle cómo se encontraba; de hecho quería preguntarle y decirle muchas cosas. Pero sabía por experiencia con la jaqueca que armar revuelo no era de ayuda. En lugar de eso, intentó ser práctica.

—Voy a por un poco de agua. ¿Quieres?

—Sí, por favor.

Mimi sacó dos vasos de plástico Dixie Riddle del dispensador que había en la pared y fue a la garrafa de agua del fondo del pasillo para llenarlos. Cuando volvió, sonaba «Reelin' in The Years» de Steely Dan y Dee estaba llorando. Mimi se sentó y le dio el vaso.

—Bebe.

Dee se bebió el agua de un trago, luego aplastó el vaso sin leer el acertijo. Mimi sorbió el suyo y miró el chiste que había escrito a un lado. «Qué hace un espejo cuando le cuentas un chiste? Se parte.» Nunca tenían gracia.

—Bueno —dijo—. Voy a volver a hacerte las trenzas. ¿Quieres una o dos?

—Una.

—¿De espiga?

—De espiga. No..., normal. Hazla sencilla.

—Date la vuelta.

Dee se volvió y Mimi se sentó de lado y le puso el pelo sobre los hombros. Empezó a peinar el grueso pelo rubio con los dedos para domarlo. Casi nunca había visto el pelo de Dee sin trenzar. Era una lástima volver a confinarlo. No obstante, estaba claro que a los adultos les molestaba.

Mimi dividió el pelo en tres.

—Y, ahora, dime qué pasa —dijo mientras empezaba a trenzarlo.

—¡Oh...! —Dee movió la cabeza—. Nada.

—No es nada. ¿Qué ha pasado? —Mimi tenía los ojos cerrados, deseaba estar lejos del patio y apenas había vislumbrado el momento en que cayó Dee y se golpeó la cabeza contra el suelo, pero sí había visto la rabia en el rostro de Osei y sabía que Dee no podía haber tropezado como afirmaba.

—No sé por qué está enfadado conmigo. —Dee se secó los ojos con la mano—. No sé qué he hecho. Todo iba tan bien..., y luego..., de pronto ya no. Como si hubiesen apretado un interruptor, como si alguien le hubiese hablado mal de mí. Pero ¿qué le iban a decir? No he hecho nada malo. Solo...

—¿Qué?

Dee negó con la cabeza.

—Nada.

Cuando quedó claro que no le daría más detalles, Mimi negó a su vez con la cabeza.

—Los chicos son raros.

—¿Ian y tú estáis...?

—Acabamos de romper. —Mimi pensó en el intercambio: el estuche de las fresas a cambio de romper, y notó una punzada de culpabilidad en el estómago. Debería decírselo a Dee. ¿Tenía el valor de hacerlo?

Dee se volvió para mirar a Mimi.

—¡Oh! Cuánto... —Se tragó las palabras, pero pareció aliviada, y eso molestó a Mimi más de lo que habría imaginado. Estaba claro que, aunque Dee no hubiese dicho nada, su juicio había sido cuestionado.

—Te alegras. —Mimi terminó la frase—. Lo sé. No sé qué me dio para salir con él.

—Bueno... —Dee sonrió por primera vez—. A todas nos extrañó. Sois muy distintos.

—Supongo que me sentí halagada. Ningún chico ha querido salir conmigo, como soy rara...

—¡No!

—Sí. Lo sabes. Siempre he sido la marginada. Nada se me da bien. No saco buenas notas, no corro deprisa, no sé dibujar, ni escribir, ni cantar. Tengo esos estúpidos dolores de cabeza. Todo el mundo cree que soy una bruja o algo así. A veces me extraña ser tu mejor amiga. —«Sobre todo teniendo en cuenta que regalo tus cosas y te miento», añadió en silencio.

—No seas tonta, eres la persona más inteligente que conozco..., aparte de Osei.

Mimi notó una punzada de celos, y estuvo tentada de darle un tirón a la trenza. En vez de eso se contuvo, dio solo un tironcito a la trenza y anunció:

—Listo. ¿Tienes un coletero?

Dee metió la mano en el bolsillo de los vaqueros.

—Y eres muy buena saltando a la comba —dijo, dándole a Mimi un elástico de color púrpura.

Mimi no estaba segura de si Dee hablaba en serio y decidió tomárselo a broma. Se rio.

—Sí, eso se me da bien. —Soltó la trenza—. Ya está.

—Gracias —Dee apoyó la cabeza en la pared, luego hizo una mueca y se movió para apoyar la mejilla en la mano—. Duele.

—¿El chichón?

—Sí.

—Te has dado un buen golpe. ¿Te sientes mareada o con náuseas?

—No.

—Bien. Probablemente, eso es que no tienes contusión. Eso es lo que más preocupará a la enfermera.

Se quedaron en silencio. Ese era el momento en el que Mimi debería confesarle a su amiga lo del estuche. Tragó, abrió la boca..., pero no salió nada. Era muy difícil admitir haber obrado mal. Y con el pelo recogido en una trenza, Dee parecía más tranquila, más como era siempre. Mimi no quiso alterarla.

Entonces oyeron otra canción y la ocasión pasó. Mimi y Dee se sentaron.

I heard he sang a good song,
I heard he had a style,
And so I came to see him
To listen for a while

Ni siquiera el tono metálico de la radio podía disimular la voz profunda de Roberta Flack. Las chicas estaban locas con esa canción desde hacía casi un año. Una chica de quinto que tenía muy buena voz había ganado el concurso de talentos de ese año con ella, aunque Mimi había oído al señor Brabant murmurarle a la señorita Lode que era una canción totalmente inapropiada para una niña de diez años. Dee empezó a tararearla.

Strummin my pain with his fingers,
Singing my life with his words
Killing me softly with his song...

Se interrumpió.

—¡Ay, Mimi, no sé qué hacer!

—¿Te gusta Osei?

—Sí. Mucho. Me sentía muy bien con él. Es tan distinto de la gente que conozco. —Mimi guardó silencio e intentó no tomárselo como una crítica—. Ha estado en muchos sitios y tiene cosas que contar. A su lado los demás parecen aburridos. Yo también, viviendo en este barrio residencial aburrido. Me entran ganas de hacer cosas más aventureras, como ir al centro más a menudo. ¿Cuándo fue la última vez que fuiste al D. C.?

—En Semana Santa..., llevamos a mis primos a ver el monumento a Washington.

—Iba a pedirle a Osei que viniese conmigo en autobús este fin de semana... a Georgetown, tal vez.

—¿Y tu madre?

—¿Y mi madre ¿qué? —La rebeldía que Dee había demostrado antes con el señor Brabant empezaba a asomar otra vez.

—No te preocupes. Puedes decir que estás conmigo si quieres.

—No hará falta si sigue enfadado conmigo. Siento que tengo que hacer las paces o romper.

—¿Lo de antes ha sido un empujón? —Dee no respondió—. Porque si lo ha sido, está mal, ¿no?

—Ha sido un accidente. No quería hacerme daño, estoy segura.

—¿De verdad?

—Me preocupa más cómo se portó conmigo antes, durante el partido de kickball, e incluso antes. ¿Por qué habrá cambiado tan deprisa? Parecía cariñoso y de pronto está enfadado y distante.

Mimi se encogió de hombros.

—No entiendo a los chicos. Y ellos no nos entienden a nosotras.

«¡Au!», oyeron dentro; y luego: «Jimmy, ya casi he terminado. ¡Estate quieto!».

He sang as if he knew me
In all my dark despair,
And then he looked right through me
As if I wasn't there

Dee volvió a echarse a llorar. Mimi supo que lo mejor era dejarla en paz.

Tal vez pudiera recuperar el estuche de las fresas antes de que Ian hiciese algo con él..., venderlo o lo que hubiese planeado. Se armaría de valor y se lo pediría.

Se oyó ruido en el despacho y Dee se las arregló para secarse los ojos antes de que se abriera la puerta y un niño saliera cojeando con la rodilla y el codo vendados seguido de la señorita Montano, que llevaba una bata blanca y siempre tenía el gesto imperturbable.

—Vuelve a clase, Jimmy —dijo—. Y la próxima vez mira por dónde andas. De verdad..., qué niños... —murmuró, antes de volverse hacia Mimi y Dee—. Bueno, chicas. ¿Otro dolor de cabeza, Mimi?

—No, señorita Montano, he venido solo a acompañar a Dee. Me lo ha pedido la señorita Lode. Se ha dado un golpe en la cabeza.

—Ah, ¿sí? Pasa, Dee, y te echaré un vistazo. —Le hizo un gesto con la cabeza a Mimi—. Puedes volver a clase. Si está bien, podrá volver sola. Si se ha hecho daño, la mandaré a su casa.

La energía de la señorita Montano era un consuelo, como si le hubiesen quitado de encima una responsabilidad. Que se ocupasen los adultos.

Mimi le apretó la mano a Dee.

—Hasta luego.

Dee asintió con la cabeza y se levantó para seguir a la enfermera.

—Gracias, Mimi.

—De nada.

Mimi se quedó sentada cuando entraron, esperando a que Roberta acabará de cantar su dolor y con la curiosidad de cuál sería la siguiente canción y de si sería una señal. No se lo había dicho a Dee ni a las demás pero a veces buscaba señales en las cosas cuando estaba confundida. El cerebro le echaba chispas; necesitaba proporcionarle algo que diera sentido a ese día.

Cuando Dr. John empezó a cantar lo que pasaba al estar en el sitio oportuno en un mal momento, Mimi asintió con la cabeza. La señal tenía sentido: todo el día había tenido la sensación de estar en un mal momento. Estaba deseando que terminase.

QUINTA PARTE

Después de clase

Mi mami me dijo
que si era buena
me compraría
una muñeca.

Mi hermana le dijo
que besé a un soldado,
y la muñeca
no me ha comprado.

Ahora estoy muerta
y enterrada,
y tengo a mi lado
una muñeca tumbada.

Dee sintió alivio cuando sonó el timbre que señalaba el final de las clases. Tuvo la sensación de llevar horas esperándolo. Volvió del despacho de la enfermera, y vio que se había perdido el examen de gramática; Osei no le sonrió al sentarse y no le prestó atención en toda la tarde. Ella notó su frialdad en cuanto se sentaron juntos en clase de plástica a hacer tarjetas para el día de la madre con cartulina, revistas, papel cebolla, purpurina, limpiapipas y otros materiales repartidos por los grupos de pupitres. Era muy doloroso estar en un grupo en el que alguien te daba la espalda.

A Dee siempre le gustaba la clase de plástica; el señor Brabant se iba, llegaba la señora Randolph y todo se volvía más suave y menos rígido. Podías hablar con los amigos mientras trabajabas con las manos. La señora Randolph les animaba a hacerlo.

—Creamos mejor si nos sentimos libres y relajados —decía moviendo las manos y haciendo entrechocar su miríada de pulseras. Siempre llevaba lápiz de labios rojo que sangra-

ba por la red de minúsculas arrugas alrededor de los labios—.
Luz. Y pasión. Eso es lo que buscamos. *Comme les Français.*
—La señora Randolph había estado varias veces en París y le
gustaba recordárselo a los alumnos colando alguna que otra
palabra en francés cuando quería animarlos. Quería que
hiciesen tarjetas originales para sus madres, no solo un dibujo de unas flores con «Feliz día de la Madre, mami» en el
interior—. Mirad todo lo que podéis utilizar en las tarjetas
—dijo—. Sentidlas. —Lanzó el papel cebolla por el aire,
hojeó las revistas, blandió los frasquitos de purpurina platea-
da—. Inspiraos. Pensad en vuestra madre y en todo lo que
hace por vosotros —añadió mientras los alumnos la miraban
perplejos—. En cuánto os quiere y en cuánto se ha sacrifica-
do por vuestra felicidad. Expresad el amor que sentís por ella
en este pedazo de papel. —Sostuvo una de las tarjetas en
blanco que había repartido—. Expresaos y honrad a vuestra
madre. *Ah!, l'amour pour la mère, c'est merveilleux!*

Dee se rio nerviosa y miró de reojo a O. Él no levantó la
cabeza. Su rostro estaba serio; tenía los ojos fijos en el papel.
Dee se mordió el labio y miró a Patty, que le hizo un mohín
compasivo.

—¿Qué tal la cabeza? —le preguntó, frunciendo el ceño
en dirección a O, como para recordarle a Dee que debería
estar enfadada con él.

A su lado, Osei se encogió.

Fue un recordatorio oportuno. Debería estar enfadada...,
tenía derecho a estarlo. La había empujado, le había hecho

daño sin razón. Debería disculparse. Ella debería estar mirándole furiosa y pidiendo que la cambiaran de sitio para no tener que estar a su lado, tal vez ocupar el sitio vacío de Casper. Era lo que harían otras chicas. Blanca disfrutaría del revuelo que podría organizar.

Pero Dee no sentía enfado, sino culpabilidad, como si fuese ella la que tuviera que disculparse y no al revés. Tenía derecho a enfadarse con ella, pensó, a gritarle y a empujarla. Era negro, y todo el día lo habían tratado como tal, de forma diferente a como habrían hecho con otro alumno nuevo. Dee sabía que a ella misma le parecía interesante porque era negro, y que alguien te guste por su color de piel no era necesariamente una buena razón. Ahora observó sus manos, marrones como el café que tomaba su padre por la mañana, mientras usaba las tijeras para recortar una forma con cartulina roja que parecía un corazón torcido. Sus uñas eran largas, cuadradas y muy rosas.

—¿Dee?

Patty la estaba mirando y Dee dio un respingo.

—Estoy bien, mi cabeza está bien. —Cogió un limpiapipas azul, sin saber qué hacer con él.

—¿A quién tenemos aquí? —La señora Randolph había revoloteado hasta sus pupitres—. Tú debes de ser el nuevo. ¡Si no, seguro que me acordaría de ti!

Sonrió a O. Tenía lápiz de labios en los dientes.

Osei dejó de recortar, pero no alzó la mirada.

—Sí, señora.

La señora Randolph se rio.

—¡Oh, no hace falta que seas tan formal conmigo! ¿Cómo te llamas?

—Osei.

—¡Qué nombre tan interesante! Bueno, Osei, puedes llamarme Kay. —La señora Randolph siempre intentaba que sus alumnos la llamasen por el nombre de pila. Nadie lo hacía—. Aquí no hay jerarquías. En el arte nunca las hay. Solo expresión. Y hoy expresaremos nuestro amor y respeto por nuestras madres. ¿Qué vas a hacer en tu tarjeta?

Dee habría querido decirle que no se preocupase, que la señora Randolph prestaba esta atención vergonzante a todo el mundo en algún momento. Bastaba con apretar los dientes y esperar a que te pasara por encima, luego, cuando se marchaba, podías repantigarte en el asiento y burlarte de ella sin que se diera cuenta. Pero, claro, Dee no podía decírselo en vista de cómo le daba la espalda.

Osei miró a la señora Randolph y dijo:

—Estoy recortándole unas fresas. Son su fruta favorita.

A Dee se le encogió el estómago. La señora Randolph dio una palmada.

—*Formidable!* Escoger algo específico para ella..., ¡es maravilloso! Bueno, no escatimes material. Ni siquiera tienes que usar las tijeras si no lo deseas. ¡Si quieres, puedes arrancar las fresas del papel! ¿Quieres arrancarlas? Las líneas rectas parecían molestar a la señora Randolph mucho más que los estropicios.

Osei volvió a bajar la vista y empezó a recortar otra vez.

—Usaré las tijeras.

—¡Claro, claro! —gritó nerviosa la señora Randolph—. *Super!* Veamos, Dee, ¿qué estás haciendo? ¿Cómo vas a homenajear a tu madre?

—Yo... yo... —Dee manoseó el limpiapipas y lo enrolló para hacer un círculo. No tenía ni idea de qué hacer para su madre. La señora Benedetti no era de esas madres a las que una «homenajea».

—¡Arándanos! —exclamó la señora Randolph—. ¿Es esa la fruta favorita de tu madre? A lo mejor esta es la mesa de las frutas. ¡Osei, has iniciado una moda! —Miró expectante las tarjetas de Duncan y Patty, tal vez con la esperanza de encontrar plátanos, o naranjas. Pero Duncan estaba dormido con la cabeza apoyada en los brazos; el señor Brabant jamás habría permitido a Duncan dormir en su clase, pero la señora Randolph era más blanda. Patty estaba haciendo con esfuerzo una flor con papel cebolla que las niñas habían aprendido a hacer el año anterior con otra profesora más tradicional. Por un instante fue como si la señora Randolph quisiera quitársela de las manos y romperla. En vez de eso sonrió y se volvió hacia otros pupitres.

—¿Y qué encontraremos aquí? ¿Las verduras favoritas?

Soltó su risa ruidosa y Dee torció el gesto.

Si Duncan estuviese despierto y fuera el principio del día, cuando Osei y ella todavía eran felices juntos, los cuatro —incluso la mojigata de Patty— se habrían burlado de la señora

Randolph, y la repetición de sus palabras y las imitaciones de su voz habrían sido bromas que habrían durado días. En vez de eso no dijeron nada y siguieron trabajando en sus tarjetas, mientras Dee oía divertirse a sus compañeros.

Patty pidió permiso para ir al baño y al volver no se sentó en su pupitre, sino que se quedó con amigas al otro extremo de la clase, comparando las flores y esquivando a su lúgubre grupo. Dee le habría implorado que volviese o habría despertado a Duncan de una patada, aunque solo fuese para tener a otros alumnos entre ella y Osei. En vez de eso tuvieron que sentarse muy rígidos y fingir que el otro no estaba allí.

Con el rabillo del ojo, vio cómo cobraba forma la tarjeta de Osei: tres fresas pegadas en una tarjeta del mismo color rosado que el estuche. Dentro escribió muy formal, con una letra que parecía europea, con grandes giros en las des, las emes y las erres: «Querida madre: te deseo un muy feliz día de la madre, tu hijo, Osei».

¿Por qué estaba tan enfadado? ¿Por el estuche? Dee habría querido saber dónde estaba. Había mirado con disimulo en su pupitre al volver de la enfermería con la esperanza de que hubiese reaparecido, pero no estaba allí. Osei había apartado la cabeza, pero estaba segura de que sabía qué buscaba. ¿Se le habría caído en alguna parte? Tendría que comprobarlo en objetos perdidos.

Diez minutos antes de que terminara la clase, la señora Randolph dio una palmada y pidió a los alumnos que dejaran las tarjetas encima del escritorio y fuesen a ver las de los demás antes de recoger. Dee se puso en pie con alivio. La última media hora había sido como un castigo por algo que no era consciente de haber cometido. Y había terminado haciendo una estúpida tarjeta con arándanos en la parte de delante, cuando su madre ni siquiera comía arándanos. Era como si hubiese copiado la tarjeta de Osei.

Él también parecía estar deseando levantarse del pupitre. Mientras Dee iba por ahí admirando las flores de papel cebolla, los dibujos de flores y unas cuantas frutas (pero ninguna verdura), supo en todo momento dónde estaba con respecto a ella. De pronto fue como si desapareciera del todo, hasta que por fin lo encontró en un rincón, sentado en un cojín y hojeando una revista *Mad* que alguien había dejado olvidada.

—Osei, tenemos que recoger antes de que suene el timbre.

Él se limitó a asentir con la cabeza, luego se puso en pie y arrastró los pies hasta el pupitre. Dee recordó la seguridad con que había atravesado el patio esa mañana. ¿Qué había sido de esa confianza en sí mismo?

Mientras recogían y guardaban el papel, los lápices de colores, los botes de pegamento y los limpiapipas en una caja de cartón, Osei dijo en voz baja:

—Te veo en el patio al acabar las clases.

Dee asintió desconsolada. Su madre la esperaba, pero le diría que se había quedado a saltar a la comba.

Cuando sonó el timbre, murmuró:

—Voy en un minuto.

Luego salió corriendo de la clase por el pasillo rumbo a objetos perdidos, que era una caja a la puerta de la directora.

Al arrodillarse para buscar en lo que aparecía una maraña de chaquetas de punto azules, mezcladas con zapatillas desparejadas, Dee oyó a la señora Duke al teléfono: «No, no es que haya hecho nada malo. Pero ha ocurrido un incidente con una chica..., no, no es eso, se cayó y se golpeó en la cabeza. —Pausa—. Solo quería que lo supiera. —Pausa—. Lo entiendo. Por supuesto, lleva un tiempo adaptarse a un colegio nuevo, sobre todo a alguien en las... circunstancias de su hijo. Puede que no esté acostumbrado a comportarse como esperamos que se porten nuestros alumnos. —Pausa—. No, no estoy insinuando que... —Pausa—. Por supuesto. No quiero decir que no haya hecho usted su trabajo. Lo mejor será darle tiempo para adaptarse, ¿no cree? Estaremos pendientes de él. —Pausa—. No será necesario. Esperemos un par de semanas, señora Kokote, y volvamos a hablar entonces, ¿le parece bien? Bueno, me temo que ha sonado el timbre y tengo una reunión. Adiós. —Después de colgar, murmuró—: ¡Señor, dame fuerzas!».

La secretaria del colegio, que trabajaba en el despacho de al lado, se rio.

—Dura de roer, ¿eh?

—Si quiere saber mi opinión, es una arrogante. Gracias a Dios ha venido solo para un mes. Que se las apañen en el próximo colegio.

—¿Cree que empujó a Dee Benedetti?

Dee se quedó inmóvil. Si se movía la secretaria la vería.

—Sé que la empujó. Varios niños me han dicho que lo vieron. Pero Dee lo niega, y cualquier acusación parecería rara.

—La tiene loquita, ¿eh? Le ha dado a probar la leche con chocolate.

La señora Duke gruñó.

—Por así decirlo.

—No durará. Estos chicos se juntan en el patio y rompen a la hora de comer. Es la edad.

—No lo sé. Diane me ha contado que Dee se soltó las trenzas y le dejó que le tocara el pelo. A su madre no le gustará. Miedo me da hacer esa llamada. Ya sabe cómo es la señora Benedetti.

—Oh, sí. —La secretaria volvió a reírse—. Pero Dee no ha quebrantado ninguna norma, ¿no? No hace falta que llame a su madre.

—Sí, para contarle lo del golpe en la cabeza. Aunque solo voy a decirle que tropezó. Gracias a Dios no hace falta que le hable del chico. Da igual. Ya le pillaré, con Dee o sin Dee.

Entonces la secretaria levantó la vista y la vio al lado de la caja de objetos perdidos.

—¿Qué estás haciendo ahí, Dee?

—¡Nada! Estaba buscando una cosa. No está aquí.

Al incorporarse oyó arrastrar una silla, unos pasos y luego la señora Duke apareció en el umbral precedida por su perfume. Parecía sorprendida.

—Dee, ¿estabas escuchando?

—No, señora Duke. Estaba buscando una cosa en objetos perdidos.

—¿Qué buscabas?

—Un... un estuche. —A Dee le resultó imposible mirarla a la cara, así que se fijó en su collar de perlas. La señora Duke lo alternaba con un broche con una araña, o, en invierno, un broche con un copo de nieve con diamantes de imitación engarzados. Dee y sus amigas la llamaban «Araña», «Copito» o «Perlita», según cuál llevase.

—¿Cómo es?

—Rosa, con fresas. Pero no está aquí. Se ha... perdido.

—Muy bien. Pues ya te puedes ir. —Dee salió corriendo, pero se detuvo cuando la señora Duke la llamó—. Espera un momento.

Se volvió.

—¿Sí, señora Duke?

La directora cruzó los brazos sobre el pecho como hacían a menudo los adultos cuando hablaban con niños.

—¿Cómo está tu cabeza?

—Bien.

—Estoy preocupada por ti, Dee. Me preocupa que quizá no hayas dicho toda la verdad sobre lo que ha ocurrido esta tarde.

Dee frunció el ceño.

—He dicho la verdad. Tropecé y me caí.

—¿Estas segura?

—Sí.

La señora Duke le sostuvo la mirada un largo rato, en el que Dee apretó la boca y sacó la barbilla. Por fin la directora se volvió.

—Muy bien. Es lo que le diré a tu madre —dijo sin mirarla—. Voy a llamarla. Ve a casa.

Mientras iba por el pasillo, Dee se estremeció al pensar en lo que diría su madre si supiera lo que había pasado en realidad. Al llegar a la salida se detuvo. Osei la estaba esperando al lado de las barras. Tomó aliento y salió.

Ian nunca volvía directamente a casa si no estaba lloviendo. No tenía nada que hacer en casa. Sus hermanos mayores no llegaban hasta más tarde, y además no les interesaba hacer nada con él. Cuando salía por el barrio a jugar al baloncesto, o al béisbol, o a patear una lata, había reparado en que los demás chicos encontraban excusas para marcharse, decían que tenían deberes o que su madre les había encargado ir a hacer la compra. Una vez, Ian había dado una vuelta con la bicicleta y había descubierto que los mismos chicos que se habían ido del parque diez minutos antes, habían vuelto a quedar en un solar vacío para seguir el partido de softball sin él. Se había escondido, demasiado humillado para dejarse ver. Pero había apuntado a cada uno de ellos en una lista mental que había utilizado para castigarlos a todos las siguientes semanas. No a su manera habitual, pidiéndoles dinero, haciéndoles daño o haciendo notar su presencia. Fue más sibilino, más mezquino: les rajó los neumáticos de la bicicleta, manoseó a la hermana de uno de ellos en la multitud, vertió pintura en el pupitre de otro en el patio.

Prefería quedarse en el patio después de clase. Aunque muchos niños se iban a casa, lo dejaban abierto una hora para los que querían quedarse a jugar, vigilados por un profesor. Ese día era la señorita Lode. Eso era bueno: le tenía demasiado miedo para interferir. En ese momento estaba hablando con el padre de un niño más pequeño del otro patio. Pronto se sentaría a leer un libro y solo alzaría de vez en cuando la mirada.

Ian vio a O al lado de las barras: una estructura de barras metálicas unidas en ángulos rectos en forma de cajas hasta una altura de cuatro metros por la que se podía trepar. Había unos cuantos niños más, pero ninguno en las barras. Tal vez estuvieran evitando al nuevo.

Ian se tomó su tiempo para llegar allí. No había por qué correr, eso sería indigno. En vez de eso se detuvo un momento al lado de las chicas que saltaban como siempre a la comba, esta vez eran de cursos diferentes. Mimi estaba con ellas, dando a la comba a una de cuarto que saltaba mientras las demás niñas cantaban:

Mi mami me dijo
que si era buena
me compraría
una muñeca.

Mi hermana le dijo
que besé a un soldado
y la muñeca
no me ha comprado.

No se quedó a verla mucho tiempo, era demasiado joven para que los pechos se le movieran al saltar. Cuando se fue, ellas seguían cantando:

Ahora estoy muerta
y enterrada,
y tengo a mi lado
una muñeca tumbada.

Ian fue con un grupo de niños que jugaban a las canicas y se plantó a su lado de modo que su sombra cayó sobre el círculo. Los niños alzaron la vista enfadados y dispuestos a protestar, pero no dijeron nada cuando vieron de quién era la sombra. Ian se quedó el tiempo suficiente para que el que estaba tirando fallara antes de marcharse.

Todavía no había llegado a las barras cuando apareció Rod, con el ojo morado aún más hinchado después de unas horas. Rod cada vez le sacaba más de quicio..., incluso antes de hoy. ¿No tenía sus propias batallas que librar y sus propias chicas que conquistar? ¿No había aprendido lo bastante de Ian para hacerlo por su cuenta? Llevaba demasiado tiempo siendo su secuaz e Ian habría preferido que lo dejara en paz.

—Tío, no entiendo una cosa —empezó Rod. Cuando Ian echó a andar, Rod se adelantó corriendo y se plantó delante de él para hacer que se parase. Ian sintió rabia, pero se contuvo y no le dio un manotazo en el pecho. Rod no era importante; debía reservar sus actos para otros—. Me prometiste que saldría con Dee —continuó quejoso—. Pero ahora no sé quién es mi rival. ¿Es él o él? —Señaló con un delgado brazo a O, al lado de las barras, y con el otro a Casper, que merodeaba cerca de la entrada al gimnasio de la escuela, donde la señorita Lode no podía verle. Ian sonrió para sus adentros: Casper, el niño bonito, había aprendido a violar las normas. Lo habían expulsado; debería estar al otro lado de la calle, castigado por sus padres sin salir y sin asignación, pues no era probable que ellos usaran el cinturón como merecía. Y en vez de eso había vuelto al colegio y probablemente estaría esperando a Blanca. Ahora que había probado a portarse mal, le había gustado—. Ni siquiera entiendo por qué provoqué esa pelea con Casper —añadió Rod—. Está saliendo con Blanca..., todo el mundo lo sabe. Ya viste cómo se besaban en el recreo. ¿Para qué querías que me peleara con él? Es él —volvió a señalar a O, que frunció el ceño— quien está saliendo con Dee. ¡Y además le ha hecho daño! Debería haberme peleado con él. —Apretó los puños en un gesto de arrojo que no ocultó el temor que le inspiraba su rival—. Aunque no sé..., podría hacerme aún más daño que Casper.

—Es probable —coincidió Ian—. Pero no te preocupes..., creo que todo cambiará pronto. Espera un poco más. Y déjame a O a mí. —Volvió a echar a andar hacia las barras, pero se detuvo y extendió la mano para parar a Rod, que había hecho ademán de seguirle—. Solo yo. —Rod retrocedió, como un animal herido al que dejan atrás. Ian encontraría la manera de quitárselo de encima. Mañana. Hoy tenía otro objetivo.

O le había observado. Cuando Ian llegó a donde él estaba le preguntó:

—¿Qué quería?

Ian se sentó en una de las barras metálicas y apoyó las manos en las que tenía a ambos lados.

—¿Rod? Nada. No es nada.

O siguió mirando a Rod, que iba cabizbajo hacia el barco pirata.

—A mí no me parece nada. ¿Qué le pasa conmigo?

Ian se dejó caer en el interior de la estructura.

—A Rod le gusta Dee. Está celoso. El monstruo de ojos verdes, lo llama mi padre. Y... —Ian calculó un momento, luego decidió probar suerte— a Dee también le gusta él.

O se puso rígido, con los ojos encendidos.

—¿Qué? ¿Él también?

Ian sonrió para sus adentros. O estaba en tal estado que creería cualquier cosa..., incluso que Dee podía fijarse en un crío insignificante y escuálido como Rod.

—Parece que has elegido a la chica equivocada. Yo podría habértelo dicho.

O cruzó los brazos sobre el pecho y se puso las manos en las axilas. Parecía estar conteniendo la rabia.

—Fue ella quien me eligió a mí. —Hizo una pausa—. Vendrá dentro de un minuto. Iba a decirle que no pasaba nada, que ya no estaba enfadado. Pero no puedo confiar en ella, ¿no?

Miró a Ian como si quisiera un recordatorio de la prueba. Así que Ian se lo dio.

—El estuche, ¿recuerdas? ¿Cómo llegó a tenerlo Casper?

Al decirlo sabía que el poder del estuche duraría solo mientras nadie hiciera preguntas. En cuanto O o Dee preguntaran a Casper o a Blanca de dónde habían sacado el estuche, la implicación de Ian quedaría al descubierto. Era el punto débil de su estrategia..., y lo más probable era que acabase arrastrándole. El daño tenía que hacerse ahora..., un daño suficiente para que luego fuera indiferente el papel que hubiese desempeñado Ian.

En ese momento Blanca salió corriendo del edificio hacia el rincón donde Casper la estaba esperando al lado del gimnasio. Cuando se abrazaron, Blanca soltó la mochila. El estuche con las fresas asomaba un poco del bolsillo exterior.

—¿Qué te dijo Dee cuando le preguntaste por el estuche?

El rostro de O dejó ver su desánimo.

—Que lo había dejado en casa.

—Entonces —Ian hizo un gesto hacia Blanca y el estuche—, ¿por qué te ha mentido Dee? ¿Porque cree que da igual que te mienta y que no te darás cuenta? ¿Porque eres tonto?

No añadió «porque eres negro». No le hizo falta. O ya había llegado solo a esa conclusión. Todo su ser pareció vaciarse, como cuando un castillo de arena en la playa se desmorona sobre sí mismo.

—No digas eso.

—Solo soy sincero. Dee es una chica maja. Intento imaginar qué se trae entre manos y por qué. No está acostumbrada a estar con negros. A lo mejor te está probando como un nuevo sabor de helado. —O cerró los ojos. «Basta», pensó Ian. «Ya he dicho suficiente. Y no he podido ser más oportuno»—. Aquí viene Dee —dijo—. Os dejo solos.

En el pasado, cuando los chicos habían dicho o hecho algo —dejarle plátanos en el pupitre, chillar como un mono, susurrar que olía diferente o preguntarle si sus abuelos habían sido esclavos—, Osei conservaba la distancia suficiente para protegerse del golpe y que no le doliera. A menudo hasta se lo tomaba a broma: se lo había contado a Sisi, se habían reído de la ignorancia o de la falta de creatividad de sus prejuicios. «¿No se les ocurre nada más original que un mono? —le decía a su hermana— ¿Por qué no me llaman nunca pantera? Son más oscuras que un mono.»

Sisi se reía.

—Porque los blanquitos tienen miedo de las panteras negras. —Y alzaba el puño a modo de saludo.

En ciertos aspectos, el racismo declarado, fruto de la ignorancia, era más fácil de sobrellevar. Lo que le dolían eran los ataques más sutiles. Los chicos que eran amables en el colegio pero no lo invitaban a sus fiestas de cumpleaños aunque invitaran al resto de la clase. Las conversaciones que cesaban cuando él entraba en clase, la leve pausa reservada para su presencia. Los comentarios con el añadido: «¡Oh!, no me refería a ti, Osei. Tú eres diferente». O las apostillas como: «Es negro, pero listo» y la incapacidad de comprender por qué era ofensivo. La presunción de que se le daban mejor los deportes porque los negros, en fin, ya se sabe, o bailar, o cometer delitos. El modo en que la gente hablaba de África como si fuese un país. La incapacidad de distinguir a los negros entre sí, de forma que confundían a Muhammad Ali y a Joe Frazier, o a Tina Turner y a Aretha Franklin, o a Flip Wilson y a Bill Cosby, aunque no se parecían lo más mínimo.

Estaba más enfadado consigo mismo que con Dee. Por un breve momento —una mañana— había bajado la guardia, se había permitido creer que era diferente, que a ella le gustaba por sí mismo y no por lo que representaba: un chico negro, exótico, distinto; un territorio desconocido que explorar. Ahora la vio andar hacia él en el patio y sintió zigzaguear sus emociones entre el dolor, la rabia y la lástima. Si olvidaba lo que había dicho Ian, podía sentir algo más positivo: gratitud por su atención, atractivo físico, interés en el interés que había demostrado por él. Pero ¿cómo olvidar lo del estuche con las fresas? La mentira que lo había cambiado todo. Se había abierto a Dee y ya no podía fiarse de ella. De pronto deseó que Sisi estuviese en casa y preguntarle: «¿Por qué ser negro tiene que ser tan doloroso?».

«Vuélvete a África, hermanito —le habría respondido—, donde ser negro es normal y de quien se burlan es de los blancos.» Era tentador. A sus padres les encantaría que les pidiera ir a un internado en Ghana.

—Hola —dijo Dee al llegar a su lado, dubitativa, temerosa.

O torció el gesto en una fea mueca.

—¿Dónde estabas? —preguntó en tono más imperioso del que le habría gustado.

—En ninguna parte. Solo... buscando una cosa en objetos perdidos. —Dee estaba recelosa, inquieta y triste.

—¿Qué se te ha perdido?

Hubo una pausa que le reveló todo lo que necesitaba saber, mientras veía cómo se esforzaba con una expresión transparente en pensar en algo. Otra mentira iba a seguir a la primera.

—Un... un jersey. Creo que lo dejé en el patio cuando estuve saltando a la comba el otro día.

—¿Lo has encontrado?

—No.

—A lo mejor te lo has dejado en casa. —Dee guardó silencio—. ¿Seguro que no buscabas otra cosa?

Dee se quedó helada.

—¿Qué quieres decir?

Osei señaló con la cabeza a Blanca y a Casper al lado del gimnasio. Ella estaba sentada en sus rodillas, con los brazos alrededor de su cuello, hablando y riéndose, y O notó cómo lo atravesaba una aguda punzada de envidia.

—¿Qué les pasa?

—Mira la mochila de Blanca.

Dee entornó los ojos.

—No sé qué debo ver.

Era difícil distinguirlo desde donde estaban, si no sabías qué estabas buscando.

—Sube..., lo verás mejor desde arriba.

Osei empezó a trepar por las barras.

—¿Por qué no me dices qué es?

—Sube —insistió Osei.

Ella siguió abajo, reacia.

—Dee, si no subes aquí...

Dee empezó a trepar, con cuidado y despacio, hasta llegar arriba del todo, donde se sentó en una de las barras metálicas y se sujetó a otras dos.

—Una vez, en cuarto, subí y no pude bajar. El señor Brabant tuvo que ayudarme. —Pareció expectante y luego decepcionada de que Osei no dijera nada—. Así que ya ves que he hecho un esfuerzo al subir aquí por ti —añadió—. ¿Qué querías que viese?

—Allí. Mira lo que hay en el bolsillo de la mochila de Blanca. ¿Es eso lo que buscabas?

Dee miró un buen rato, luego se agarró aún con más fuerza a las barras.

—¿Cómo ha ido a parar ahí?

—Me dijiste que lo habías dejado en casa a la hora de comer.

—Es lo que pensé.

—Ah, ¿sí? ¿De verdad?

Dee suspiró.

—No sabía dónde estaba.

—O sea, que me mentiste.

—Pensé... que lo encontraría..., que lo había dejado en algún sitio y lo encontraría. No quería disgustarte diciéndote que no sabía dónde estaba.

—De modo que era eso lo que buscabas en objetos perdidos.

Dee asintió con la cabeza.

—Sé que era de tu hermana y que no te gustaría que lo perdiese. Intentaba encontrarlo para que no tuvieses que enterarte de que se había perdido.

Por un breve momento Osei la creyó. Quería creerla, y parecía sincera y arrepentida. Luego, con el rabillo del ojo, vio un movimiento: Ian estaba sentado en el barco pirata con Rod; estaban balanceando las piernas adelante y atrás.

—O eso dices —insistió.

—¡Es la verdad!

—Entonces, ¿cómo es que lo tiene Blanca?

—No tengo ni idea. Vamos a preguntárselo.

—No me hace falta..., ya lo sé. Se lo dio Casper, a quien se lo diste tú. Le regalaste a otro chico el estuche de mi hermana.

—¡No! ¿Por qué iba a regalárselo a Casper?

—No lo sé. ¿Por qué ibas a regalárselo a Casper?

Ella lo miró confundida, con un destello de rabia por el truco barato de responderle con sus mismas palabras. Si no estuviese tan enfadado se avergonzaría de sí mismo.

—Me estás engañando, ¿verdad? Estás saliendo con Casper.

—¿Qué?

—Lo más probable es que estuvieseis saliendo antes. Lo más probable es que todo el mundo lo sepa y piense que es muy gracioso que estés engañando al negro.

Miró hacia el patio, que se había convertido en un campo de batalla plagado de enemigos.

—¡Osei, no!

—Ian es el único que ha tenido la decencia de ser sincero conmigo. Al menos me ha contado lo que pasa.

—¿Ian? ¿Qué está...? —El rostro de Dee pasó de la incredulidad a una súbita comprensión. Movió la cabeza—. ¿Sabes?, no siempre conviene creer lo que dice Ian. Solo piensa en su propio beneficio.

—No intentes defenderte acusando a otros.

—Pero... —Dee hizo un visible esfuerzo por dominarse—. Osei, nunca he salido con Casper —dijo, midiendo las palabras—. Lo conozco de toda la vida, pero no siento por él lo que siento... lo que sentía... lo que siento por ti. Y mira —hizo un gesto hacia Casper y Blanca—, tú mismo puedes ver que está con Blanca.

O la oyó tropezar con los tiempos verbales e hizo una pausa antes de hablar.

—¿Por qué me hablabas todo el tiempo de él?

—Porque podría ser un buen amigo para ti. Podría ayudarte. Ian dijo que... —Se interrumpió.

—¿Qué dijo Ian?

Pero Dee estaba mirando fijamente el barco pirata, donde Ian y Rod tiraban piedrecitas a los niños que jugaban a las canicas.

Osei volvió a dejarse llevar por la rabia, le molestó tanto que ella se distrajese de algo tan importante que quiso sujetarla y sacudirla. Hizo ademán de alargar el brazo, pero Dee ya había empezado a bajar y estaba fuera de su alcance.

—¡Dee! —exclamó.

Ella siguió bajando, y al llegar al suelo fue a donde estaba Ian en el barco.

—¡No me dejes aquí, Dee! —gritó él. Su tono hizo que los niños levantasen la vista de las canicas y que las chicas dejaran de saltar a la comba. Sin querer, había conseguido toda su atención. Pero ahora que la tenía, podía utilizarla para castigarla—. No te vayas —repitió, alzando la voz. Luego añadió una palabra que había oído, pero que nunca había imaginado que fuera a utilizar, o siquiera que supiese utilizar—: ¡Puta!

La palabra resonó en el patio como un trueno. La oyeron hasta quienes no estaban escuchando. Incluso Blanca y Casper dejaron de enrollarse y se asomaron a ver qué pasaba.

Dee se detuvo con un pie en alto y la trenza como una línea recta a lo largo de la espalda. Rod saltó de la cubierta del barco, pero Ian lo sujetó.

Al otro lado del patio, la señorita Lode soltó el libro.

—¿He oído...? —Alzó la vista confundida y avergonzada, mientras los niños se volvían para mirarla. Tragó saliva, bajó la cabeza y volvió a coger el libro.

—¿Sabíais que esta chica es una puta? —susurró con inquina O, dirigiéndose a su público: los niños de las canicas, las chicas que saltaban a la comba, Casper y Blanca, Ian y Rod. Se sintió poderoso, ahora que por fin tenía la atención que quería. Sonrió, mostrando los dientes; parecía un lobo gruñendo—. ¿Sabíais que me ha dicho que me dejaría llegar hasta el final? —continuó alzando otra vez la voz—, ¡igual que ha hecho con Casper!

Blanca se quedó atónita y bajó de las rodillas de Casper, que empezó a negar con la cabeza.

Dee se volvió despacio, con los ojos y la boca muy abiertos y temblando, y miró a Osei en lo alto de las barras. Levantó las manos con las palmas hacia arriba.

—¿Por qué dices eso? —gritó.

O sintió una punzada de culpa, pero el poder de hablar y ser oído fue más fuerte y lo dominó de tal modo que apenas entendió lo que dijo después:

—Hasta me ha tocado la polla, fijaos si tiene ganas. Todas las chicas blancas son iguales.

Los niños de las canicas gritaron, luego soltaron una risa nerviosa. Las chicas que saltaban a la comba se quedaron todas boquiabiertas y los ojos de Dee volaron hacia ellas, su tribu. Estaban claramente sorprendidas, algunas se llevaron la mano a la boca, otras se volvieron para susurrar a sus compañeras. Después empezaron reírse..., excepto Mimi que movió la cabeza como para espantar a una abeja.

Entonces Dee se vino abajo. Con un grito, se volvió y echó a correr más rápido de lo que habría podido imaginar O, con los pies chocando contra el asfalto. Forcejeó con la puerta que daba a la calle, consiguió abrirla por fin, salió y la cerró a su espalda. Cuando desapareció a la vuelta de la esquina, Rod bajó del barco y corrió tras ella, aunque Dee le llevaba tanta ventaja que no pudo alcanzarla y volvió enseguida.

Tras marcharse, el patio cambió, fue como si una nube hubiese tapado el sol. Los niños del patio empezaron a hablar todos a la vez.

—Dios. Primero Casper y ahora Dee. ¿Qué pasa hoy?

—¿Tú crees lo que ha dicho?

—Yo sí.

—¡No!

—A mí no me importaría si me tocase la polla.

—¡Calla!

—No, cállate tú.

—¡Pobre Dee!

—Dee no haría una cosa así, ¿verdad?

—No lo sé. Está mañana no paraba de sobarle.

—Y le dio un beso a la hora de comer..., ¿no lo visteis?

—Además, ¿qué estaban haciendo en el arenero?

—Es un poco golfa. Siempre lo he pensado.

—Sí.

Mimi estaba de pie entre las niñas que saltaban a la comba, mirando iracunda a Osei. Blanca había cruzado los brazos sobre el pecho y estaba gritándole a Casper. La señorita Lode había dejado de leer y se había puesto de pie tambaleante. En mitad del tumulto Ian siguió haraganeando en el barco, sonriente.

«¿Cómo voy a explicarle esto a Sisi? —pensó Osei—. Ella sabría qué decirles a todos estos blancos.»

—Lo negro es bello —murmuró. Nunca había querido creerlo con tantas fuerzas.

Habría querido apoyar la cabeza en el hombro de su hermana y echarse a llorar.

Mientras miraba a Osei, Mimi tuvo un *déjà vu*, esa curiosa sensación de haber vivido ya algo. La sensación era más una sensación de familiaridad y una desconexión del fluir de la realidad. A veces Mimi tenía *déjà vus* varias veces al día, y empezaba a tener la impresión de estar oscilando entre sueños y momentos de realidad. Ahora pensó que ya había sentido la humillación de Dee y el inmerecido triunfo del chico nuevo en lo alto de las barras..., aunque, por supuesto, no era así. A Dee nunca la habían humillado, Osei nunca había estado tan triunfal.

Se frotó la cara para borrar la escena que acababa de presenciar y luego fue hacia las barras. Con el rabillo del ojo vio a Ian bajando del barco, y supo que no tenía mucho tiempo.

—Osei, ¿por qué has mentido? —le gritó—. Sabes que no es cierto.

O la miró desde lo alto, como el recién coronado rey de las barras.

—Sé lo que sé —respondió—. Tengo pruebas.

—¿Qué pruebas? Más vale que sean buenas, para haber dicho eso de Dee.

—Sube y las verás tú misma. —O señaló hacia el rincón del patio al lado del gimnasio.

Mimi frunció el ceño, sin entender a qué se refería, pero preocupada de que pudiera haber alguna prueba que demostrase que tenía razón. No podía soportarlo. Dee había sido su mejor amiga casi toda la vida; no quería descubrir que no la conocía.

Pero la curiosidad, y la sensación de que Ian se acercaba, la animaron a trepar. Mimi apenas se había alzado un metro del suelo y estaba diciéndole a O: «¿Qué se supone que tengo que ver?», cuando notó unas manos que la agarraban del tobillo y un tirón brusco que le hizo soltar las barras. Solo estuvo un momento en el aire antes de aterrizar con fuerza sobre el cuello, y el espasmo de dolor que recorrió su cuerpo fue tan abrumador que ni siquiera reparó en el golpe que se dio con la cabeza en el suelo. Vio unas estrellas que nadaban delante de sus ojos como renacuajos y perdió el conocimiento un instante.

Cuando recobró el sentido, la cabeza le dolía mucho más que con las jaquecas. Estaba inmóvil, sin respirar apenas. El dolor era tan agudo que ni siquiera podía gritar o llorar, pero esperó que se le pasara y retrocediera como la marea. Luego abrió los ojos y vio a Ian, con el gesto inexpresivo, moviendo la cabeza de manera casi imperceptible, un gesto reservado solo para ella.

Asomando por encima, igual que una luna oscura en lo alto de las barras, estaba el rostro preocupado de Osei.

—¿Estás bien, Mimi? —gritó.

Luego Blanca apartó a Ian y se arrodilló a su lado, soltando la mochila que cayó cerca de Mimi.

—¡Dios mío, Mimi! —gritó, llevándose las manos a la cara—. ¿Estás muerta?

Al mismo tiempo, Casper empujó a Ian y le dijo:

—¿Por qué demonios lo has hecho?

Los ojos de Mimi fueron hacia la mochila y hacia el estuche que había en el bolsillo exterior. Hizo caso omiso de los gritos y de los ruidos para poder concentrarse en las fresas que tenía tan cerca de la cara. Se alegró de verlas. No estaban donde debían, pero tampoco recordaba dónde era eso. Cerró los ojos para pensar un momento.

—¡Está muerta! —oyó gritar a Blanca—. ¡Se está muriendo delante de mí!

Mimi no abrió los ojos para tranquilizarles, ni para que se callara Blanca, sino que se quedó tendida en la oscuridad, dejándose arrastrar por aquel dolor pulsátil.

En ese momento oyó la voz de la señorita Lode que les gritaba a los niños que se apartaran, aunque quedó ahogada por la discusión.

—¿Cómo has podido hacerle eso a Mimi? —gritó Casper—. ¡Mira qué daño le has hecho!

—Quítame las manos de encima, imbécil —replicó Ian—. ¿Te crees que eres el policía del patio? Además, mira quién habla. A Rod se le está poniendo el ojo verde.

—Tío, todos te hemos visto tirar a Mimi al suelo. Te has metido en un buen lío.

—¿Más que tú? ¿No te habían expulsado? Si no recuerdo mal, los alumnos expulsados no pueden estar en el colegio. Ni siquiera deberías estar aquí. Como te vean los profesores te echarán. La has pifiado, así que haznos un favor y lárgate ahora mismo.

Rabia. Desprecio. Temor. Astucia. Con los ojos cerrados, el oído de Mimi se agudizó tanto que pudo notar todos los cambios de tono en la voz de Ian mientras intentaba desviar la atención hacia Casper. Y además estaba diciendo palabrotas y él nunca las decía. «¿Cómo habré podido salir con él? —pensó—. La peor pareja del mundo.»

—¡Chicos! ¡Ya basta! Blanca, aparta a un lado. —La señorita Lode se arrodilló y le dio unas palmaditas a Mimi en la mejilla.

Mimi abrió los ojos.

—¡Está viva! —exclamó Blanca.

—Mimi, ¿cómo te encuentras? ¿Te duele algo?

—Me duele la cabeza, pero no siento nada más —intentó mover las piernas, pero no supo si lo había conseguido. Era como si estuviera paralizada.

—Rod, corre a decirle a la señora Duke que pida una ambulancia. —La señora Lode habló con voz tranquila, pero Mimi percibió el pánico de fondo—. ¡Ay!, ¿dónde está Richard? ¡Él sabría qué hacer!

Rod estaba mirando fijamente a Mimi.

—Deprisa, por favor. —La señorita Lode alzó la voz—. ¡Ve! Y tú, Blanca, corre a buscar al señor Brabant y dile que venga.

Blanca y Rod se estremecieron y luego echaron a correr hacia la puerta del colegio.

El aura de antes estaba volviendo a la visión de Mimi, y supo que tendría el peor dolor de cabeza de su vida. Fijó la vista en Osei, que seguía encaramado en las barras. Tenía muy mal aspecto, su piel negra había adquirido un sorprendente lustre grisáceo. Mimi no sabía que los negros pudieran palidecer.

«El rey de la selva —pensó—. Pero es un rey muy desdichado.»

—Osei —le gritó—, ¿es esto lo que ibas a enseñarme? —Mimi movió la cabeza hacia el estuche, a pesar de lo mucho que le dolió.

O asintió con la cabeza.

—Mimi, es mejor que no hables —la interrumpió la señorita Lode—. Descansa. —Volvió a levantar la voz—. Vosotros..., es hora de ir a casa. Y, Casper, ¿qué haces aquí? ¡Estás expulsado!

Pero nadie le hizo caso.

—¿Cómo crees que consiguió Blanca el estuche? —preguntó Mimi.

O frunció el ceño.

—Se lo dio Casper, a quien se lo había dado Dee. Está saliendo con ella. Es infiel, igual que Dee.

Casper negó con la cabeza.

—No, tío, no sé de qué hablas. No estoy saliendo con Dee. Nunca he salido con ella. Blanca decía lo mismo del estuche, y no me ha creído cuando le he dicho que yo no se lo había regalado.

Ian también negaba con la cabeza.

«No», le dijo a Mimi, moviendo solo los labios.

Mimi no le hizo caso. Ya le había hecho daño. ¿Qué más le podía hacer?

—Osei, te apuesto lo que quieras a que el estuche se lo dio Ian a Blanca y le dijo que era de parte de Casper.

La señorita Lode los miró.

—¿De qué estáis hablando? —preguntó.

Osei miró con intensidad a Mimi.

—¿Cómo lo sabes?

—Porque fui yo quien le dio el estuche a Ian. Se le cayó a Dee por accidente y yo se lo di a él en lugar de devolvérselo a Dee.

—Pero ¿por qué? ¿Por qué hiciste eso?

—¿Quieres saber lo que hizo Mimi? —empezó Ian—. Es una golfa de cuidado.

—¡Ian! ¡No uses ese lenguaje! ¡Callad todos! ¡Oh!, ¿dónde se ha metido Richard? ¿Dónde está la señora Duke? ¡No sé qué hacer! —lloriqueó la señorita Lode.

—Le di el estuche a Ian porque él me lo pidió —continuó Mimi, hablando solo para Osei—, y lo usé para que rompiera conmigo. De lo contrario siempre habría estado sometida a él, y no lo soportaba. Lo siento —añadió—. No sabía que lo utilizaría contra ti. —Aunque nada más decirlo, Mimi supo que estaba negando la verdad. Cuando se lo dio sabía que Ian solo podía utilizarlo para algo malo.

Osei la miraba con fijeza. «¿Es que no puedo fiarme ni siquiera de ti?», decía su mirada.

Mimi contuvo las lágrimas, abrumada por haber desempeñado un papel tan impropio de ella. Tendría que vivir con eso.

Entonces Osei volvió su atención hacia Ian.

—¿Por qué lo has hecho?

Ian se encogió de hombros.

—Porque puedo.

La señorita Lode les escuchaba como si le hubiesen planteado un problema de matemáticas que no supiera resolver.

—Mimi, ¿quién es el culpable de esto? —susurró.

—Ian —respondió Mimi—. Es todo culpa de Ian.

La señorita Lode tomó aliento profundamente, se secó los ojos y se puso en pie.

—Ian, ¿qué tienes que decir en tu defensa?

—Nada. No tengo nada más que decir. —Ian apretó los labios, para dejar claro que no diría otra palabra.

A Mimi le recordó a un niño a quien han sorprendido haciendo algo malo —«un bellaco», pensó mareada— y cierra los ojos creyendo que así nadie podrá verle a él. Ian empezó a retroceder, mirando aquí y allá, como si buscara una escapatoria.

Detrás de él se oyeron los pasos ruidosos de un adulto.

—¿Qué demonios está pasando aquí? —oyó Mimi decir al señor Brabant antes de verlo—. ¿Dónde está Dee?

—Se ha ido a casa —replicó Casper—. Creo.

—¿Está bien?

—Supongo.

—¿Cómo que «supones»?

Casper guardó silencio.

Cuando distinguió el rostro enfadado del señor Brabant, Mimi pensó que nunca había visto un gesto tan desagradable. Apenas la miró antes de dirigir su furia hacia arriba.

—Osei, ¿qué le has hecho a Mimi? ¡Baja ahora mismo! ¡Te lo advertí!

Sus palabras no parecieron afectar a O: el chico nuevo siguió acurrucado en lo alto de las barras, mirando impávido a su profesor.

Una sirena en la distancia sonaba cada vez más cerca.

—Richard, no creo que...

—¿Me has oído, chico? —El señor Brabant estaba incandescente como una bombilla—. ¡Baja de ahí, negrata!

Mimi apartó la cabeza, la única parte de su cuerpo que podía mover. Sus padres le habían enseñado que nunca hay que usar esa palabra. Nunca. Jamás. Ni siquiera se pensaba.

Los demás alumnos estaban callados e inmóviles, rígidos con la impresión de oír esa palabra pronunciada en voz alta..., todos menos Ian, que siguió alejándose de allí.

—¡Alto! —gritó la señorita Lode. Se había puesto muy roja. Mimi pensó que le estaba diciendo a Ian que parase, pero luego siguió—: ¡Basta! No está bien usar ese lenguaje, Richard. No.

El señor Brabant no pareció oírla y siguió mirando furioso a Osei. El chico nuevo se movió: no para bajar, sino para ponerse en pie, en precario equilibrio sobre las barras más altas. Se tambaleó sin sujetarse con las manos encima del patio. Luego cerró el puño y lo levantó, mientras miraba desafiante al señor Brabant. Mimi había visto ese gesto antes, en una fotografía en alguna parte.

—¿Sabe qué? —dijo en voz baja, pero aun así penetrante—, ¡lo negro es hermoso!

—Osei, por favor, baja ahora mismo. —La voz tranquila y autoritaria de la señora Duke surgió de algún sitio detrás de Mimi, acompañada de su perfume empalagoso—. Creo que ya es suficiente dramatismo por un día.

Osei la miró.

—¿Quiere que baje? —respondió con idéntica calma.

—Sí, por favor.

Osei volvió a mirar al señor Brabant.

—Y usted, ¿también quiere que baje?

Aunque el señor Brabant siguió mirando airado a Osei, asintió con la cabeza.

—Muy bien. Ahora bajo. —Con el puño todavía en alto, empezó a balancearse atrás y adelante. ¿Era accidental o deliberado? Mimi no estaba segura.

—¡Alto! —gritó el señor Brabant, aunque a esas alturas debía de haber comprendido ya su impotencia.

Mimi quiso decir: «No acabes como yo». Porque no podía mover las piernas. Probablemente, ese sería su último día en el patio. E Ian... Casper lo había sujetado por los brazos para que no escapara. Seguro que lo expulsarían, o algo peor. Y Dee..., ¿podría volver alguna vez después de todo lo que se había dicho y hecho en su nombre?

Solo quedaba Osei, el rey tambaleante en su trono. Tendría que elegir. Mimi comprendió que ya había elegido. Justo antes de que se precipitase al vacío, oyó a la señorita Lode que gritaba:

—¡Osei, no!

Luego la envolvió la oscuridad y la escena se fundió a negro.

Índice

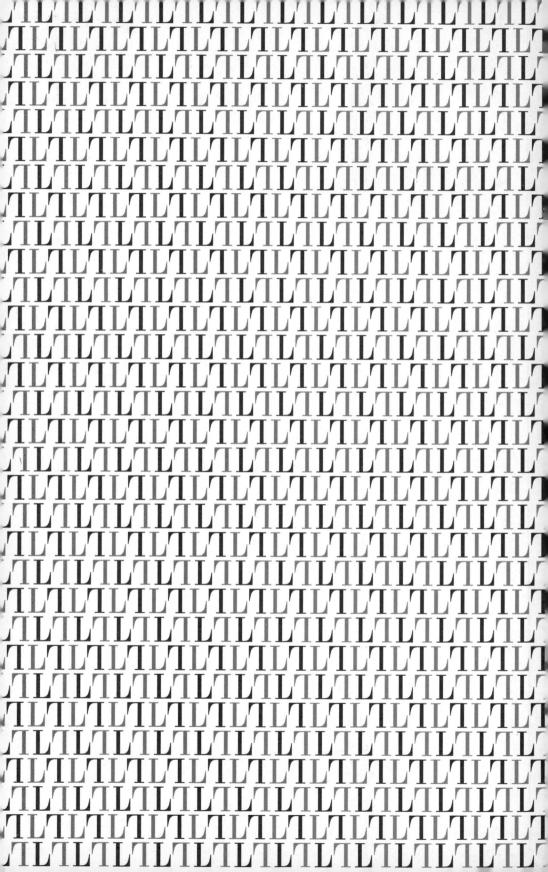